Universale Economica Feltrinelli

© Giangiacomo Feltrinelli Editore Milano
Prima edizione ne "I Canguri" maggio 1992
Prima edizione nell'"Universale Economica" giugno 1994
Sesta edizione maggio 1999

ISBN 88-07-81284-3

ROSSANA CAMPO
IN PRINCIPIO ERANO LE MUTANDE

Feltrinelli

La dedica del libro è questa: prima di tutto per Giò e per le mitiche serate di Vico Cioccolatte e di Piazza della Giuggiola, poi per il gemello gentiluomo, per il Berisso e Die Puppe; una dedica non si nega a nessuno e allora dedica anche per Bosca e per tutte le volte che ce la siamo contata su. Voglio sprecarmi dedicando anche a tutti gli altri amici che non nomino, con tanto affetto.

Violetta:

Tra voi saprò dividere
Il tempo mio giocondo;
Tutto è follia nel mondo
Ciò che non è piacer.
Godiam fugace e rapido
È il gaudio dell'amore,
È un fior che nasce e muore
Né più si può goder.

Traviata (Atto I)

1.

Il primo capitolo dove introduco la mia vita di grandi miserie e presento anche l'amica Giovanna

Dunque, la storia comincerebbe così. Che io sono lì che sto per tornarmene a casa con le mie borse della spesa non pesanti e poi fa caldo e c'è tutta la puzza del vicolo che sale si espande e si diffonde, poi vedo una con qualcosa attaccato alla schiena che si sbraccia e essendo lei molto scura e essendo io abituata alle donne africane mie vicine di casa qui nel vicolo mi pare di riconoscere Akofa e la saluto e tiro dritta perché nessuna voglia di parlare e poi devo correre a casa a pensare subito a chi chiedere prestito per restituire i soldi all'amico Luca che ormai mi telefona tre volte al giorno per riavere le sue trecentomila lire.

I miei trecento sacchi, dice lui così.

Allora infilo la chiave nel portone che mi dimentico sempre che invece si può aprire anche con un calcione e questa Akofa, che poi lo scoprirete subito non è lei, mi tira una manata fortissima sul culo e anche mi strizza leggermente una tetta come usa ogni volta. Mi giro e sapete allora chi è? La mia amica del cuore Giovanna! Sparita tre mesi fa per recarsi in Africa come una grande esploratrice a indagare il suo rapporto con la terra africana e la negritudine in generale. Questo suo rapporto con la negritudine è spuntato soprattutto dopo che ha conosciuto quello che sempre chiama così: Il grande amore della mia vita. Il grande amore della sua vita essendo un suonatore nero di jazz di nome

Davis sposato in America con ex ballerina vietnamita e figlietto di anni tre.

Giovanna con questo grande amore della sua vita si è incontrata tre estati fa in un paese della Calabria che è Roccella Ionica dove io e lei eravamo andate a fare le vacanze perché ci hanno detto che potevamo viaggiare in autostop e poi lì in Calabria risolvere il problema del pagarsi l'albergo così: dormendo la notte sulla bellissima spiaggia.

Dunque noi lì a farci queste vacanze godendocela molto anche perché mare e sole e fichi d'india rubati sempre ci fanno godere a me e a Giovanna. Finché non arrivano questi jazzisti neri americani che dovete sapere a Giovanna piacciono solo i neri tutt'al più i portoricani e lei insomma ci fa le bave.

A me invece a quel tempo piace un bianchiccio di ginecologo che Giovanna sempre fa le smorfie di disprezzo e chiama così: mozzarella santa lucia. Oppure così: stracchino invernizzi.

Questi jazzisti americani sono venuti lì per suonare al festival di jazz e dunque Giovanna mentre che passiamo il tempo a prendere il sole mi riferisce le sue riflessioni che sono queste: Dobbiamo assolutamente andare al concerto. E poi: Dobbiamo assolutamente trovare il sistema per andare al concerto senza pagare. E per finire: Quello mi fa un sangue della madonna.

La sera siamo lì allungate dentro i nostri sacchi a pelo e io guardo le stelle e la luna piena e ascolto il mare mediterraneo e lei dice ancora: Stanotte spero di sognare di nuovo che lui mi lecca come ieri. Poi dice, Secondo te perché mi piacciono solo i neri? Pensa un po' e poi mi tocca le tette e ride e dice, Può essere perché mio padre è sardo?

Fatto sta che ci prepariamo per il concerto e proviamo di entrare con svariate scuse tipo che noi famose giornaliste di jazz, poi anche tentiamo la carta di fare gli occhi dolcissimi ma niente. Così ci sediamo sul muretto fuori e ascoltiamo da lì il bellissimo concerto jazz. Giovanna lei però si sente lo stesso molto determinata e dice: Io quello me lo pinzo domani per la strada.

Perché è vero che di giorno ogni tanto lo vediamo che sbevazza al bar e che gironzola per il paese con gli altri tre suoi amici jazzisti essendo il loro un quartetto di sassofonisti jazz. Così questa amica Giovanna mi trascina al bar e io penso subito che mica ce li abbiamo i soldi per pagare e lei ride con aria da grande furba e dice: Appunto!

Il suo astuto piano è il seguente: che noi beviamo e mangiamo come due porche e poi litighiamo col cameriere con la scusa che c'è una mosca nella bevanda. Dice, Dobbiamo fare gran chiasso e attaccare a parlare con loro quattro. Loro senz'altro ci difendono e così comincia l'amicizia, io mi prendo quello che mi piace, a te ti lascio gli altri tre. Magari ci danno anche i biglietti gratis per il concerto.

Io lo so già che va a finire male per il semplice motivo che sempre è andata così. Infatti il cameriere ci fa molti insulti chiamandoci pezzenti e dicendo che questi settentrionali tirchi dovrebbero andare a dare via il culo a casa loro. Io vorrei spiegare che settentrionale non sono essendo emigrata la mia famiglia dall'Italia del sud negli anni del favoloso boom economico, e Giovanna essendo emigrata dopo la nascita dalla Sardegna, motivo a cui si può anche ricondurre dal suo punto di vista la predilezione per i neri. Comunque i quattro seguono la scena anche ridendo e non dicono niente, io e Giovanna ci allontaniamo con la coda fra le gambe per dirla come avrebbe detto mia nonna.

Le vacanze finiscono e noi ce ne torniamo nella nostra città nordica e arriva il mese di ottobre e una sera io vado a trovare Giovanna che abita nel vicolo dietro il mio e la trovo seduta sulla poltrona sgualdrappata vicino al telefono con le braccia e le gambe penzoloni e gli occhi che fissano un angolo del soffitto.

Dico, Che c'è? Ou, che c'è?

Non mi guarda e dice con un grande sospiro, Ah! Sono innamorata.

Dico, Di Emah? che è il suo ragazzo camerunese del momento.

Lei dice, Ma che Emah!?!

Momento di silenzio. Poi altro grande sospiro. Di lui.

Io dico, Come? Lui chi?

Davis! DA-VI-S!!! Fa lei Giovanna mia amica.

Io questo Davis non me lo ricordo e così non capisco ancora e lei fa una faccia come chi gli tocca avere un'amica deficiente e mi dice, Il jazzista! Roccella Ionica, cameriere.

Ah, ora sì. Però non capisco ancora. Allora lei si mette a raccontare e racconta e va avanti per ore, grande raccontatrice questa amica Giovanna, e io però a un certo punto non capisco più niente e dico, Ti prego, fammi andare a dormire.

Il giorno dopo finalmente ho capito come è andata la faccenda. La faccenda è andata che lui il Davis è venuto nella nostra città per un concerto, lei ha visto il nome del suo quartetto jazz sul giornale, si è fatta prestare i soldi dall'amico Luca e si è messa davanti al teatro aspettando l'inizio. Lui è passato e si sono guardati e lei ha pensato una di quelle cose che pensa ogni tanto cioè: Ora o mai più. Pensa che ora lo ferma e qualcosa gli spara, mentre che pensa allo sparo lui già fermato davanti a lei dicendo che si sono già visti, lei pensa gesù si ricorda della figura di merda a Roccella.

Lui dice così: Dopo il concerto andiamo a mangiare ci vieni con noi?

Lei dice, Sì oh sì che ci vengo, e mi racconta che però ha dovuto sorbirsi tutti i quattro jazzisti e anche un altro che non ha capito chi era e lei un po' si annoiava non conoscendo la lingua americana ancora e un altro po' le veniva in mente che era riuscita a tampinarlo e sentiva un grande amore dentro la pancia e anche più giù di sotto. Conclude dicendo: Ero bagnatissima.

Dopo questa mia amica diabolica fa il gesto di invitarli

a casa sua e dice che magari si doveva vergognare per via delle nostre case scalcinate e dei vicoli puzzolenti adornati di cacche varie da cacca di piccione e topo salendo per cacca di gatto fino a cacca di cane e anche a volte viene il dubbio di umano sporcaccione e incontinente. Comunque la vergogna diminuisce perché i tre amici jazzisti più lo sconosciuto non vanno, dicendo che sono stanchi, il Davis invece accetta e questo è l'importante. Insomma, mi dice, Ci diamo dentro tutta la notte. E poi mi fa l'elenco dettagliato delle posizioni e dei bellissimi romantici modi di come lui gliel'ha dato.

Poi c'è anche da ricordare la frase memorabile che lui dirà quella notte che è (già tradotta): Se ti fotto ancora una volta rimango qui a fotterti per sempre. E poi molte volte ripeteva il jazzista: Jesus!, e anche: Mmmmm! e poi, Oh, Baby! Infine la cosa da tenere presente anche che lui a un certo punto dice così, che ha visto la sua anima. Giovanna dice, Come scusa? Lui ripete: L'anima! la tua anima, già tradotto ve lo dico io.

Insomma, io sono contenta per la mia amica del cuore Giovanna, un po' anche invidiosa devo ammettere essendosi lei divertita tutta la notte e io no. Perché sempre io nel periodo sono innamorata del ginecologo infame che mica ci ha più tutta questa passione come il Davis con Giovanna, no, questo ginecologo che lavora in un consultorio sempre lamentandosi della grande stanchezza e del grande lavoro dei medici. Qui va a finire che mi cerco un musicista anch'io.

Be' ora succede che questi due con la faccenda dell'anima e tutto pare che si sono innamorati sul serio, lei non capisce più niente e va a prendere lezioni di lingua americana da Kate e tutti i pomeriggi mi racconta quello che ha imparato, io mi annoio perché le lingue straniere mi annoiano, e lei sempre a dire, Per esempio, se sei a New York e vuoi chiedere a uno se ti presta i soldi, sai come gli devi dire? E anche: Per esempio, se sei sulla metropolitana di New York e c'è uno che vuoi tacchinarti lo sai come gli devi dire?

Finché un giorno io molto nervosa anche per il fatto del ginecologo stanchissimo e la mando a farsi fottere lei e New York. Lei si offende e non ci vediamo più per un pezzo. Una mattina alle sei mi telefona e dice che non ce l'ha più con me e che dobbiamo fare la pace.

2.

Questo è un capitolo
che torna indietro nei ricordi infantili

Dell'infanzia con le amiche Simona e Nicoletta mi vengono in mente sempre le parole. Per esempio c'è una parola che a me Simona e Nicoletta ci fa sballare solo a pensarla. La parola è Mutanda, con la variazione altrettanto forse forse anche più porca di Panorama. Siamo lì tutto il giorno a menarcela nei giardini e appena il fatto succede ce lo diciamo subito: Ti sei fatta vedere le Mutande. Oppure: Ti ho visto tutto il Panorama.

Ora vi presento Nicoletta e vi dico subito che è fatta così questa mia amica d'infanzia: che ci ha una montagna di capelli rossi e anche le famose lentiggini e poi due gambe belle grosse così. Per via di queste gambe grosse e dei capelli e delle lentiggini non c'è neanche un Maschio che le va dietro.

Simona l'altra amica invece magra come il famoso stecco, un paio di denti in fuori da coniglio delle praterie anche lei però c'è il fatto che è Magra. Per questo a lei i Maschi le vanno dietro ogni tanto.

Bisogna dire che quando i Maschi ci vengono dietro noi abbiamo paura che è solo per vederci il Panorama. Nicoletta dice di no, Simona dice di sì. Io un po' dico di no un po' dico di sì.

Così poi facciamo le riunioni per discutere sul Vero Mondo dei Maschi. Mentre siamo lì che discutiamo Nicoletta diventa ancora più rossa, comincia a muoversi e si agita e si mette a gambe all'aria e si rotola sull'erba dei giardini. Simona invece sta ferma e si tira la gonna sulle ginocchia.

Il panorama di Simona è sempre colorato: a puà, con casette e fiorellini svariati. Quello di Nicoletta è grande e bianco normale.

Poi ci mettiamo lì e discutiamo anche il colore del panorama dei grandi com'è. Nicoletta afferma che il panorama del padre è celeste. Simona che quello del suo è bianco. Poi dice che il panorama di sua madre è strano, perché è nero e ha le cosce. Nicoletta dice: Sei scema, quella è la Pancera!

Simona dice che quando sua sorella va a Limonare con Adriano torna che è rossa in faccia. Nicoletta dice che certe volte la madre ci ha gli occhi strani lucidi, forse che va a limonare con suo padre di nascosto quando sono soli in casa.

Simona ha saputo un bellissimo segreto dalla sorella: che all'Uliveto ci vanno tutte le coppie con le macchine e quando sono lì prima soffiano sui vetri e poi giù a limonare da autentici porci! Nicoletta dice: Sei scema! Mica vanno solo a limonare quelli! Io dico allora che ho notato che anche la maestra quando entra in classe il direttore diventa tutta rossa in faccia e anche lei con gli occhi lucidi. Nicoletta afferma che è chiaro: quei due vogliono limonare come matti.

Allora dopo apriamo la discussione sul Vero Mondo degli Innamorati. Facciamo il giro per raccontarci di chi siamo innamorate noi questa settimana. Io dico che sempre il mio cuore è rapito da Angelo chitarrista cattolico. Nicoletta dice che c'è uno che lo vede la domenica a messa che la arrazza da impazzire. Simona dichiara che Stefano Silvestri l'ha incontrata al gabinetto all'intervallo e le ha detto così: Sei bella! Sei una bella figa! Io a te ti sposo quando sei grande. Nicoletta allora dice: Bella roba, quello è un tappo che non lo vuole nessuno. Io affermo che lo sanno tutti che Stefano Silvestri va dietro a tutte.

Poi ci sono le Donne Nude. Simona chiede se per forza quando una diventa grande deve fare la Donna Nuda.
Nicoletta dice, Logico! Che deve fare sennò?!
Io affermo che il bello è questo.
Simona le viene da piangere e dice, Nooooo! Io non ci credo. Dice che sua madre, per esempio, ci scommette che non l'ha mai fatto.
Nicoletta dice, Sì, sei furba tu.
Simona ribadisce che lei è sicura sicura, e che quando è nato suo fratello ha sentito la madre che diceva così alla vicina: che non hanno fatto niente per averlo!
Nicoletta dice: Ma dài!
Io dico: Tu sei scema.
Nicoletta propone un altro dibattito e chiede così: Secondo voi i bambini prima di nascere erano morti? Simona ci pensa su e poi rimane lì con la bocca aperta. Io dico questo: Chi se ne frega.

Poi cambio argomento e dico: Lo sapete voi almeno cosa fanno i genitori quando di notte si chiudono in camera? Nicoletta dice che lo sa da una vita e che anzi ha scoperto anche questo: che suo padre ha certi giornali con le Donne Nude.
Simona invece ha scoperto che se un maschio lo infila davanti a una donna, poi esce di dietro.
Nicoletta dice, Ma chi te l'ha detta questa cagata?
Simona dice: Lo so. Poi cambia discorso e dice: Quando incontro Stefano Silvestri nel corridoio sento una cosa nella pancia, e nel cuore!
Nicoletta dice, Io certe volte nel banco sento come se mi prude.
Simona dice, No, dài, questo a me no.

Io dico, Va a finire che noi diventiamo come le Donne Nude di Vestro.
Nicoletta si esalta, diventa di nuovo rossa e dice: Tutte quelle Donne Nude!!!
Simona dice: Quelle si fanno vedere il Reggiseno e le Mutande!
Io dico che da grande lo faccio di sicuro, però calma: solo con mio marito.
Simona dice che non si sposerà mai perché mica ci ha voglia di farsi vedere le mutande e il reggiseno così. Nicoletta anche dice che non si sposa, ma solo per godere con tutti.

Simona lei il progetto che ci ha per quando diventa grande è di comprarsi le Calze da Donna, come ce le ha per esempio Silvia Coscina. Nicoletta dice che di sicuro Silvia Coscina sarà Una Di Quelle.
Io dico, Certo! Non lo sapevate? E affermo: Anche le Gemelle Chesler!
Nicoletta dice: Anche Raffaella Carrà.
Simona dice: Raffaella Carrà è la donna più bella del mondo!
Io dico che non capisce niente e che la donna più bella del mondo a parte noi tre è Liz Teilor.
Nicoletta e Simona dicono: E chi è?
Io dico: Non sapete niente voi.

Nicoletta dice che lei gli piacerebbe essere bella come una Gemella Chesler. Simona invece che vorrebbe essere bella come la maestra.

Io esco e affermo questo: IO DA GRANDE MI TRUCCAVO!
Nicoletta e Simona in coro: ANCH'IO.

Nicoletta chiede a me, E dei maschi della classe chi ti piaceva?

Io dico: A me nessuno, sono piccoli, sono tutti cessi e puzzano.

Simona dice che puzzano perché i maschi non si lavano mai. E aggiunge: Neanche Odile, perché è Francese.

Odile ha i Peli sotto le ascelle.

Che schifo!

Anche Bruna ha i Peli. Bruna si fa vedere il Panorama apposta! Diventerà una Donna Nuda.

Poi succede che un'estate ci innamoriamo, tutt'e tre, di RICCARDO DI ALBA. Riccardo ha la erre moscia, è magro e ha i dentoni. È bello come ROGER MUR. No, di più, come ARSENIO LUPIN.

Con questo Riccardo giochiamo a nasconderci. Nicoletta dice che quando si è nascosta con lui nel portone le batteva il cuore. Simona dice che a lei Riccardo è andata a chiamarla sotto casa. Io dico che mica sono scema che l'ho vista che gli faceva leccare il ghiacciolo alla cocacola.

Simona dice: Ebbe'?! IO LO AMO.

Io dico che vorrei sposarlo subito e poi limonarci per sempre.

Poi ci viene il dubbio. Ma lui a chi va dietro? Siamo belle tutt'e tre. Nicoletta dice a Simona che lei però ci ha i denti da coniglio e che quando si mette gli sciort fa ridere i polli con quelle stecche di gambe che ha. Simona dice a Nicoletta che lei invece è cicciona. A me dicono che sono troppo porca e i maschi si sa che quelle porche come me non le amano.

Io propongo di andare a giocare a biglie con i Maschi. Simona ha paura che se ci vede Riccardo poi gli viene la gelosia e non ci viene più dietro. Poi diciamo così: E chi se ne frega? Perché pensiamo che per godere ci sono tutti gli altri maschi.

Simona dice: Quando ricomincia la scuola io non vado più dietro ai maschi sennò mi bocciano. Nicoletta lei dice che sempre continuerà a andare dietro ai maschi sennò non c'è sugo. Allora Simona ci ripensa e dice che quasi quasi si fa andare sempre dietro da Stefano Silvestri, che le piace lo stesso anche se si è messo l'apparecchio ai denti.

Io dico che mi è venuta questa bella idea: che magari a Riccardo di Alba prima che se ne ritorna a Alba ci scrivo una Lettera Anonima piena d'amore.

Nicoletta dice, Brava furba! Così capisce che gli vai dietro!

Io dico, Fa niente, tanto lui va via quando finisce l'estate.

3.

Terzo capitolo e torniamo nel presente
e c'è la storia di un inverno con l'amica Giovanna

Allora torniamo a Giovanna. Pace fatta e passiamo tutto l'inverno insieme.

I mestieri che abbiamo trovato per mangiare quest'inverno sono i seguenti, lei baby sitter di tre stronzi bambini di due tre e quattro anni, figli di ricchi fisici nucleari con grande villa in paese di mare vicino alla nostra città in cui Giovanna deve recarsi al mattino presto ed essendo l'unico nostro mezzo di locomozione i piedi a parte l'autobus e il treno, lei deve prendere autobus e poi treno appunto. In conclusione quello che voglio dire è che si sveglia alle quattro e mezza ogni mattina, tornando a casa alle otto di sera il tutto per una cifra che non la dico per la tristezza.

Invece io che cosa faccio, io proprio non mi posso svegliare la mattina a ore disumane, dunque trovo il bellissimo e comodissimo lavoro con bambini handicappati di handicap vari, da down a ipercinetici spastici encefalitici e via. Questi handicappatini si fanno volere bene e inoltre io ci devo lavorare solamente al pomeriggio, mica come Giovanna, e prendo quasi gli stessi soldi, vale a dire sempre una miseria bastarda da mettere tristezza nel cuore, però più di lei se si fa il calcolo delle ore impiegate.

Giovanna dei nostri lavori dice così: Certo che peggio di questo non potevamo trovare. E dice: Dopo questi lavori nella scala sociale io penso che ci sono le puttane, i papponi e quelli che danno via il culo. Io ribatto che non è proprio così perché questi nostri lavori sono sì miserabili, però onesti.

Giovanna lei anche se poi è una bordighista che ci ha l'onestà che le scorre nelle vene insieme al sangue, dice sempre a questo punto: Io l'onestà me la sbatto nel culo! Poi dopo un po' mi dice, Guarda che il tuo lavoro fa schifo pari pari al mio, però sei stata più fortunata perché al mattino mentre tu dormi io veglio e ho già pulito il culo a quei tre stronzi almeno due volte.

Io penso che ha ragione, che io con questa storia degli handicappatini ci ho avuto una discreta fortuna, poi mi viene un magone che non dico e Giovanna mi abbraccia e mi strizza un po' le tette e mi dice che io ci ho bisogno probabilmente di prenderne un po' come si deve che così la malinconia mi passa poi.

Comunque il sabato e la domenica siamo libere tutt'e due e ce ne andiamo a fare le signore autentiche nei posti belli che si possono raggiungere in autobus o in treno non lontani dalla nostra città. Per esempio la nostra meta preferita è Portofino. Prendiamo il treno fino a Santa Margherita poi facciamo una grande passeggiata a piedi su per il monte di Portofino.

Giovanna si porta sempre dietro uno zainetto dove ci mettiamo i panini e le birrette e poi ci fermiamo e mangiamo. Quando lo zaino si svuota lei si ferma e lo riempie di terra rossa o bruna bellissima, e anche di cortecce di alberi, perché questa amica Giovanna è una vera artista e sente forte quella che chiama così: La vocazione artistica dei materiali naturali.

La mia passione che è la lettura anche ci dò sfogo in questi fine settimana nei posti bellissimi. Allora dopo che

Giovanna ha rubato la terra e le cortecce passeggiamo ancora e magari arriviamo sul faro di Portofino e ci sediamo lì con la bellissima vista sul mare e io tiro fuori qualche libro che mi piace e che voglio leggere anche alla mia amica del cuore Giovanna.

Certe volte però in fatto di letture proprio non ci troviamo perché se magari io tiro fuori la mia scrittrice prediletta Gertrude Stein e vado, Giovanna fa una faccia scontenta anzi più che scontenta scazzata e alza le spalle e proclama così: Questa non mi dice un cazzo! O ancora: Non ci ho più i coglioni di sentire le cagate di questa.

Io un po' mi deludo ma più di tanto non me la prendo, perché si vede che Giovanna è fatta così, che sente molto cose come la vocazione artistica dei materiali naturali, che io non sento, e invece è sorda per i libri che io sento bellissimi come questa mia scrittrice prediletta Gertrude Stein.

Però ci sono tante di quelle cose che ci fanno andare sempre d'accordo, per esempio i discorsi sul sesso. Lei mi dice, Ieri sera guardavo una foto di Davis. Come mi manca. Tutta la sera ditalini!

Allora io mi allungo con le mani dietro la testa e mi metto bella comoda perché lo so che sta arrivando il grande racconto delle notti d'amore con Davis. Dice: Ti ho già raccontato di come mi ha preso subito la prima volta e io già bagnata come il lago di Como e di Garda messi insieme? Io dico, Sì, ma raccontamelo di nuovo perché è una storia bella romantica.

Lei dice, Guarda quello ha un modo di darmelo che mai nessuno in vita mia me l'ha dato così. Poi ritira fuori la storia dell'anima che è il mio pezzo preferito.

Dico, Dài, ridimmi dell'anima.

Lei fa, Dunque, lui lì che non capisce più niente, a un certo punto dice, Ti ho visto l'anima! Io che penso che magari è un modo bello romantico che si usa dire a New York per dire che ti piace fottere qualcuno, ma lui lì che insiste, e dice, L'anima! L'anima! Allora io faccio, Scusa scusa, com'è che dici? E lui che continua a dire che mi ha visto l'anima.

Io dico a Giovanna, Si vede che era proprio l'anima.

Giovanna dice, Sì, doveva essere proprio quella.

4.

Torniamo indietro e vi racconto la mia nascita

Io dico che magari mica non sono veri certi detti e proverbi molto famosi popolari, se per esempio mi metto a pensare a quel detto che recita: Il buongiorno si vede dal mattino. Vi racconto la mia nascita che avviene così.

Concetta mia madre che a un certo punto di un giorno autunnale dice a Renato mio padre che lei ci ha le voglie fortissime.

Renato chiede, Che tipo di voglie per esempio?

Lei risponde: Voglie di fragole, anche se lo so che non è stagione del resto si sa che le voglie non guardano in faccia nessuno e non c'è cristo che tenga.

Dice Concetta, Renato! Ti scongiuro, vammele a cercare.

Renato parte e dopo Concetta ci ha le doglie. Vuole fare tutto da sola perché lei è sempre stata così un po' selvatica questa mia madre. Così mi partorisce lì in casa sul tavolo dove mangiamo ogni giorno poi; e anzi sempre me lo ricorda in seguito battendo la mano sul tavolo e dicendo: Qua! Tu sei nata qua!

E io lì a guardare le mele e il pollo, il pane e le altre cose che mangiamo e mi vedo messa lì in mezzo a queste mele e a questo pollo. Una sensazione strana a essere sinceri.

Comunque io dalla pancia di Concetta mica ci esco volentieri, no. Anzi sembra quasi che io non voglio uscire per niente al mondo, forse che prevedo le grandissime sfighe porche che mi aspettano. Mi ha detto questo Concetta: che io ancora prima di nascere le procuro dolori e dispiaceri, come poi faccio in tutta la mia vita sempre.

Perché io già allora questa mia grandissima inquietudine che mi giro e mi rigiro e mi metto tutta storta nella sua pancia anche attorcigliandomi intorno il cordone ombelicale, un guaio. Così Concetta grida e strepita e arriva la signora Stefania vicina di casa che ci aiuta a staccarci l'una dall'altra. La signora Stefania dice che con me suda le famose sette camicie. Poi annuncia così: È una femmina! Concetta mi vede e dice questo: Madonna mia quanto è brutta. E poi dice anche: Madonna mia mi avete dato un mostro! E si gira dall'altra parte.

Fatto è che sono nata molto piena di peli del tipo delle scimmie pelose. Infatti la teoria di Concetta è che lei quando era incinta sempre sognava scimmie e si aspettava una cosa così. Di mettere al mondo un animale cioè. Poi confermato dalla mia vita futura di animale che le procura sempre solo grandi sofferenze e dolori.

Ora vi dico anche l'oroscopo di me che nasco. Essendo nata nella metà di ottobre, giorno 17 è logico, c'è il sole che si trova nella costellazione della Bilancia. Questo mi predispone all'amore costante e alla ricerca dei piaceri edonistici sfrenati di vera lussuria. Nella casa del mio ascendente sorge l'Acquario che mi porta invece l'eccesso di sensibilità e predominanza degli istinti irrazionali esagerati. Poi c'è un'altra cosa importante da tenere presente leggendo il romanzo che è la mia Venere in Scorpione che mi conduce diritta diritta alle storie d'amore con tantissima passione e però anche molta tragedia, la tendenza a farla tragica insomma.

Ho cercato altri segni che magari mi spiegano in quale casa dimora la mia grandissima sfiga e la miseria costante che sempre mi perseguita ma non li trovo, anzi trovo questo Marte in Leone che più che altro dice che dovrei averci una vita lussuosa di grande successo, qui gli astrologi si sbagliano anche loro.

Poi oltre l'astrologia c'è il fatto che nasco anche podalica e questo mi spiega l'amica Giovanna significa una tendenza a guardare più indietro che avanti. E anche l'inclinazione alla molta nostalgia in generale.

I peli che per fortuna dopo un po' vanno via; per quanto riguarda la nostalgia, la signora Stefania aveva già tagliato il cordone ombelicale e non c'è stato più niente da fare.

5.

Quinto capitolo e sempre la narrazione di quel lungo inverno con Giovanna

Dunque le lunghe sere d'inverno che io e Giovanna passiamo insieme a casa mia, sempre lì a meditare e ricordare sui fatti dell'amore. Sospiriamo molto e poi accendiamo il forno per riscaldare la cucina; questo forno non riscalda molto, no, però più del riscaldamento che non riscalda niente. Giovanna lei sostiene che per riscaldarci come si deve ci avremmo bisogno di un uomo autentico che ci scalda il cuore e ci fa risparmiare sulla bolletta.

Vi dico in genere i menù che ci prepariamo in questo lungo inverno: rape rosse e soia con cipolle (soia rossa e soia verde per fare le cose in grande). Quando io sostengo che ci avremmo bisogno di più calorie Giovanna alza le spalle e dice: Possiamo farci anche il riso con la soia! Il riso essendo un alimento completo, come dice il suo ricettario di cucina zen. Allora io dico che basta che fumiamo un po' di meno e ecco che col prezzo di un pacchetto di sigarette ci compriamo per esempio non so due etti di stracchino.

La soia poi è diventata uno di quegli alimenti per i vegetariani ricchi che comprano tutto nelle erboristerie, ma noi sappiamo una bottega in vico della Maddalena frequentata da ragazzi cosiddetti extracomunitari, da tossici e prostitute e anche vecchi pensionati dove questa nostra soia costa lire milleottocento il chilogrammo. Con mezzo chilo di soia ci mangia una banda di persone abbastanza affamate, più o meno.

Giovanna una sera arriva e ci ha una bella sorpresa: un grosso pane rotondo pugliese con un grande mazzo di aglio per squisite bruschette. Dice che non ha saputo resistere a questa tentazione e che anzi stanotte ha sognato che noi due insieme facevamo fuori una montagna di pane e di aglio anche, sì, insomma, dice che è da quando si è svegliata che ci ha questo desiderio fortissimo.

Io penso che almeno nei sogni potremmo mangiare robe più lussuose. Comunque sono contenta lo stesso che Giovanna ci ha di questi desideri materiali perché almeno si mangia. Dunque lì che banchettiamo e lei a un tratto rimane col pane a mezz'aria e sgrana gli occhi e fa, HHHHHH!!!! Ehi!!!

Io: Eh?

Lei: HHHHHH!!!!

Io: Sì, (continuando a ingozzarmi).

Lei: Ehi!!! Perché secondo te mi è venuta questa voglia così incontenibile?!

Io: (sempre continuando a mangiare) Eh... sai... ogni tanto...

Lei, sempre con gli occhi moltissimo sgranati: Ehi! Mi sa che sono incinta.

Io smetto di mangiare, penso che l'amica Giovanna qui incinta proprio non me la riesco a immaginare, poi invece penso che sì me la immagino benissimo, allora penso se a me le mestruazioni sono venute ma poi smetto di pensarci perché tanto questo ginecologo sempre più stanco, poi mi ricordo che dovrei pensare a lei l'amica Giovanna e tento di dire, Ma noooo, Giova'... vedrai che non è niente... dài...

Ma questa non mi sente più, perché è già partita a immaginare. Spalanca i suoi occhi neri come due famose olive greche, li gira e poi li incrocia e poi li mette normali e mi guarda e dice così: Ci pensi!!! Un figlietto nero! Nero nero! Che bello!!!

Io dico, Eh...

Lei dice, Stasera telefono a mia madre, le dico che avrà un nipote nero.

Io provo a farla ragionare e dico che ancora non è detto e di aspettare con l'annuncio alla madre. Ma lei è sicura. Io allora provo a consolarla e lei mi dice tu sei scema non ho nessuna paura io, dice: Io questo figlio con Davis è stata la prima cosa che ci ho avuto voglia di fare con lui, no, la seconda forse ma ora non importa. Poi si rimette a incrociare gli occhi e sta zitta.

Io mi metto a pensare cosa farei se succede a me, poi penso alle grandi scrittrici che mi piacciono e concludo che tutte senza figli, quindi le grandi scrittrici non devono fare figli. Lo comunico a Giovanna e dice, Che cazzo spari.

Allora io rifletto e dico, Forse hai ragione, io farei anche una decina di figli. Giovanna dice, Il più è trovare chi ti ingravida dieci volte. Io penso che comunque per ora questo problema non si pone, che anzi si pongono altri molti altri.

Mi viene su una tristezza che mi butterei giù dalla finestra. Però abito al primo piano e tutt'al più è capace poi che mi rompo solo una gamba, penso all'estate che arriva fra un po' e ancora più tristezza a vedermi con la gamba steccata.

Saluto Giovanna e dico che ne riparliamo domani che poi ci pensiamo su bene e affrontiamo le cose con la razionalità. Poi la porta si chiude e nella casa qui arriva il famoso rumore della solitudine e io mi dico che con questa storia della solitudine è capace che io sono predestinata a essere un grande genio come Kafka per esempio, non è da escludere. Poi scolo l'ultimo bicchiere di vino rosso e mi dico che magari è capace che sono invece solo predestinata alla sfiga cosmica. Mi accarezzo un po' Ulisse che non ve l'ho ancora detto è il mio gatto col pelo rosso grande viaggiatore di vicoli, e lo sbaciucchio e poi mi infilo sotto le coperte.

6.

Adesso si va indietro di nuovo e vi racconto i discorsi bellissimi sul sesso delle cugine porche

Dunque ci sono queste cugine porche che abitano al sud e noi le andiamo a trovare d'estate. Il bello di queste cugine simpatiche è che passano un sacco di tempo a truccarsi con il Fondotinta, la Crema Nivea, il Rossetto e il Rimmell, proprio esatte esatte come le cantanti della tivvù. Fatto è che si preparano per uscire con I Maschi. Vengono anche delle amiche a prepararsi in casa loro perché queste cugine sono le uniche che non hanno il padre e così non succede come alle amiche che se le beccano i padri a truccarsi gli fanno uscire il sangue dalla bocca, come si dice.

Queste amiche delle cugine simpatiche si chiamano: Rosaura e Maria Teresa. Rosaura è alta e magra, con i brufoli sulla faccia e i capelli grassi come dicono sempre di lei le cugine quando non c'è. Però è abbastanza caruccia di corpo, tranne che per le gambe che come dice Concetta in mezzo ci passa anche un treno.

L'altra amica Maria Teresa di lei tutti dicono che invece è caruccia di faccia e molto cesso di corpo, essendo senza tette e con un grandissimo esagerato culo e cellulite nelle cosce. Concetta infatti come soprannome gli dà quello di elefante. Quando le mie cugine con queste amiche sono lì che girano per la casa tutte agitate per gli appuntamenti porchi che hanno, io mi diverto moltissimo e mi metto lì buona buona e me le guardo per bene.

Loro in genere girano in mutande per la casa e poi si tagliano i peli col rasoio elettrico del cugino Mimmo simpatico, poi si mettono lo smalto rosso sulle unghie e si danno pure il Deodorante.

Io allora mi siedo sul letto e cerco di imparare più che posso da queste cugine porche che hanno gli appuntamenti con I Maschi. Ogni tanto queste mi mandano vicino alla porta a fare la guardia perché in caso devo avvisarle se arriva qualcuno. Il fatto è che loro oltre che truccarsi fanno anche un'altra cosa da grandissime porche cioè fumano le sigarette. Insomma, io me la godo moltissimo perché questi sì che sono spettacoli, che quando torno al nord glielo racconto a quelle due sceme di Simona e Nicoletta e così loro schiattano per l'invidia che io so tutte queste cose da Grande e da Porca.

La cugina Liliana e la cugina Rosa si mettono la crema Nivea dopo che si sono passate il rasoio elettrico del cugino Mimmo simpatico sulle gambe e sotto le ascelle, poi si passano anche l'acqua ossigenata e l'ammoniaca sui baffi e allora arriva una puzza da svenire. Poi si mettono i bigodini nei capelli così gli viene una bellissima morbidissima capigliatura, che ci possono dare ancora più dentro queste porche.

Un'altra operazione consiste nello strapparsi le sopracciglia e queste cugine le strappano loro due a tutte. Perché Rosaura e Maria Teresa gli viene impressione. Io penso, Che bellezza! che bellezza che quando sono grande anch'io me li tiro i baffi le sopracciglia i peli alle gambe alle ascelle e tutto quanto, che bellezza essere grandi e fare così le porche. Anzi spero che questi peli crescono subito prima che possono.

Maria Teresa sì che non sa strapparsi le sopracciglia però sa fare un'altra cosa bellissima questa non so se da porca comunque: che sa leggere il destino futuro nelle carte napoletane. Questa Maria Teresa cosa fa. Lei piglia le carte e le mischia e fa tagliare il mazzo come dice lei, intanto quella che vuole farsi leggere questo destino futuro deve pensare con tanta intensità al Maschio che ci ha nel cuore, perché del destino futuro a queste cugine e amiche porche gli interessa solo l'amore e i maschi.

Allora Maria Teresa elefante dispone le carte in circolo sul tavolo e piano piano io capisco come funziona questa cosa. La cosa funziona praticamente così: che se escono le spade saranno dolori grandissimi e tante tante sofferenze d'amore, se invece escono i bastoni ci saranno solo difficoltà che però magari uno le poteva pure superare, per fare un esempio, tipo che lui prima dice: no io a te non ti voglio, poi però magari cambia idea e dice, va bene ti prendo. Le coppe sono ancora cose dolorose perché indicano le lacrime d'amore che riempiono queste coppe sfortunate.

Infine per fortuna che ci sono i denari che indicano tanta bella allegria perché Maria Teresa dice che significano felicità, cioè grandi notti molto porche con le stelle, la passione tanto sesso insomma con il Maschio che vuoi tu. Quando escono questi denari io batto le mani per la gioia e me le immagino tutte queste porcherie. Liliana invece mi batte il pugno sulla testa e mi dice che disturbo le predizioni sul futuro e che se non sto zitta esco fuori.

Queste carte io ci credo assolutamente, perché per esempio Rosaura fa sempre le domande su uno che lavora con lei all'ospedale e fa l'infermiere e è sposato. Nelle carte a Rosaura escono sempre spade di dolore e coppe di lacrime e poi esce anche l'otto di spade con la figura della donna e questa cari miei è proprio la rivale d'amore. Certe volte capita che però escono anche le notti stellate di passione con questo infermiere, allora io batto le mani felice, però subito dopo esce questa donna di spade vicina alle notti di passione e questo significa che questo infermiere che le ha rubato il cuore a Rosaura le notti di sesso ce le ha sì, però con l'altra va a finire.

Così a questo punto Maria Teresa fa il segno delle corna con le dita e Rosaura fa una faccia appesa e si alza e dice che lei alle carte non ci ha mai creduto tutte fesserie. A me viene da ridere per questo segno delle corna che fa l'elefante e questa Rosaura cornuta si arrabbia moltissimo e mi dice, Tu coniglio mi porti iella, vattene con i bambini come te, vai di là non romperci.

Quando finiscono di fare le carte queste porche si fanno il tè con i biscotti e continuano a fumare come matte e poi gira che ti rigira se ne escono sempre con i discorsi più belli cioè del Sesso.
Secondo me quella che è più porca di tutte è l'elefante. Mentre è lì che ci dà dentro a fumare come un treno dice: Sergio come ce l'ha? E sempre chiede e si informa: Ce l'ha grosso? Come ce l'ha ce l'ha duro? Come? Rosaura invece è molto romantica, sì, perché lei mai chiede così direttamente, ma si informa: Come chiava quello? Chiava bene? È bravo a scopare Giovanni? Scopa bene?

Io queste cugine e amiche porche ci passerei la vita a ascoltarle perché dove le impari tutte queste cose? Mica te le insegna qualcuno tipo la maestra o le suore, e no, allora io quando Renato annuncia che si parte per il sud e andiamo da queste cugine porche sono felice che non mi ferma più nessuno.

7.

Torniamo più vicino e vi racconto ora com'è che conosco e cado innamorata del primo infame

Allora ve lo ricordate il ginecologo famoso che sempre dico a Giovanna nel nostro lungo inverno. Ora vi dico come l'ho conosciuto.

Era esattamente un venerdì. Io mi sveglio, il mese eravamo a luglio, e mi dico, Ah! fatto un bel sogno, sì, proprio un bel sogno. Questa che arriva mi sa che sarà proprio una bella giornata. Vado per aprire il rubinetto e lavarmi la faccia e zac, manca l'acqua. Allora cosa faccio, mica mi dò per vinta, no macché, apro tutti i rubinetti per controllare per bene, nel caso che l'acqua che mancava era solo quella di un rubinetto. Macché quella porca mancava proprio. Questo al mattino.

Allora io prendo e vado a lavarmi a casa dell'amico Ivano, poi l'amico Ivano mi invita a pranzo e si sa che io gli inviti non li ho mai rifiutati in vita mia, così dopo il pranzo discutiamo della fame e ci viene la bella idea di andare a trovare la nonna dell'amico Ivano che abita in campagna e la prospettiva che Ivano mi mostra è la seguente: noi andiamo a salutare la vecchia e lei ci riempirà di prodotti della sua campagna. Io chiedo: Quali prodotti per esempio? E lui: Per esempio questi: galline, polli, uova, formaggi, mele, pesche, carote, radicchio, pomodori, patate, albicocche, devo andare ancora avanti o posso fermarmi qui? Fermati qui Ivano perché già ho le bave di appetito alla bocca. Insomma per farla breve noi dalla campagna torniamo a notte tarda tipo le tre, tre e mezza.

Nella piazzetta sotto casa mia vedo fermi pompieri, carabinieri molta gente che guarda, io rido felice con tutte le borse piene di quella grazia di dio, Ivano invece preoccupato con la ruga in mezzo alle sopracciglia tipica che gli viene sempre quando ci ha le preoccupazioni, e fa: Mica quelli sono venuti da te, eh? Io dico, Tu sei scemo, mica ho fatto delle cose contro la giustizia io.

Ma quando sono ancora lì che sto dicendo la parola io, apro la porta di casa e ci trovo dentro due tipi che non sono nemmeno male anzi, però mi viene lo stesso la paura e chiedo, Scusate, voi perché siete in questa che comunque è sempre casa mia? Loro sono i famosi pompieri e mi dicono che sono entrati dalla finestra della cucina sfondando il vetro.

E perché? chiedo io.

Perché tu bella testa hai allagato tutta la tua casa e anche quella del signore che ti abita di sotto. Hai lasciato i rubinetti aperti?

Io rispondo: Forse sì ma non c'era acqua.

Loro dicono allora, Certo che non c'era, poi invece c'era di nuovo e hai allagato tutto.

Ah, dico allora io e ora sì che mi guardo in giro e mi viene una grande malinconia perché effettivamente hanno ragione questi è proprio tutto allagato e molte cose sparpagliate galleggiano per la casa mentre non dovrebbero mica galleggiare, no dovrebbero starsene al loro posto.

Poi grido, Oddio!!! Oddio Ulisse dove sei, sarai morto Ulisse tesoroooo amooooreeeee mio Uli.

Macché non è morto, si è andato a ficcare sulla libreria e un po' storditello mi guarda e non mi fa nemmeno una miagolata.

Comunque. Il vicino del pianterreno non l'avevo mai visto perché è appena venuto ad abitarci. Arrivato su anche lui e subito a dire che ha fatto già i conti e che io gli ho rovinato un bellissimo divano che diventa anche letto del valore di due milioni minimo, una bellissima libreria con i libri del valore di un milione minimo senza contare i libri, più le spese che ci vorranno per aggiustare il soffitto macchiato, ridare il bianco eccetera. Cosa succede, che tiro su l'acqua insieme ai pompieri fino alle cinque del mattino. Quando loro se ne vanno io non ci ho neanche più sonno, sono depressissima perché penso questo: e ora dove li trovo io i tre milioni e passa per risarcire questo vicino? Allora per non farmi prendere più del necessario dall'abbattimento decido di andarmi a fare una delle mie belle passeggiate sfigate dell'alba.

Cammino un pezzo e un altro pezzo su verso Castelletto finché mi viene la stanchezza e anche quasi quasi qualcosa che può assomigliare al buonumore. Mi metto a avere i pensieri positivi, penso cioè: calma ragazza che sei giovane, sei anche sana e forte e certe volte quando ti ci metti anche simpatica. Non è detto che la tua vita sarà sempre una lunga serie infinita di sfighe e miseria porca come al momento, no che non è mica detto.

Mi viene anche in mente una cosa che dice la mia scrittrice preferita Gertrude Stein che dice, qualunque cosa succede in un giorno arriva sempre la fine di quel giorno; e anche poi: qualunque cosa succede in un anno arriva sempre la fine di quell'anno. Insomma faccio dietro front e sto per arrivare davanti al portone nel vicolo infame così piena di fiducia e speranza ottimista quando cosa succede, che un bastardo maledetto di cane mi zompa dietro e zac, morso fortissimo esatto sul culo. Lancio un grande ululato per la paura del fatto improvviso e anche per il dolore; l'ululato tanto forte che si affaccia anche qualcuno stronzo che mi urla: Invece che andare in giro di not-teeeee!!!! E qualcun altro che grida: Che cazzo sta succedendoooo!!!

Dopodiché esce questo vicino di sotto mio creditore dei tre milioni e passa e mi dà un'occhiata alla chiappa e mi fa entrare in casa sua. Scopro così che il vicino creditore è medico, ginecologo per la precisione. Io sono lì che piango e mi vergogno anche di piangere con questo creditore, ma gli spiego che mica piango che non ho coraggio, macché piango per la rabbia perché mi sa che io sono proprio nata male, sfigatissima intendo. Questo vicino mi consola un po' e mi medica e dice che il morso per fortuna che è una cosa superficiale, che però devo andare al pronto soccorso a farmi una antitetanica e qualche altra cosa.

Nel frattempo io me lo guardo un po' questo vicino creditore che è quasi nudo solo con i famosi boxer che usano i maschi in questi tempi e devo dire che anche se sto meditando sulla personale sfiga e mi fanno male anche le chiappe mica non lo vedo che questo ha dei bei pettorali così, delle cosce che sembrano due colonne e alto, bello alto, e anche la faccia: santo dio, niente male oh no. Insomma mi porta al pronto soccorso e dopo il pronto soccorso c'è un periodo di tempo vuoto che non mi ricordo niente cioè, mi ricordo solo che mi sveglio e faccio per andare nella mia cucina sfigata e mi ritrovo invece in una cucina niente male e quello che mi colpisce che c'è un sacco di cose da mangiare. Apro il frigo: pieno. Mi dico, gesù sto sognando, gesù sono andata fuori di testa. Oppure è che sono morta per il cane e ora mi trovo nel paradiso perché in fondo io nella mia vita mica fatto granché di male, no, e allora va a finire che me lo sono meritato questo paradiso che è proprio come me lo sono sempre immaginato: pieno di cose buone da mangiare.

Ma poi mi giro e ci ho davanti agli occhi il vicino creditore dei tre milioni e passa e dico: E che è?!? Questo vicino creditore, ma gentile e molto bello, spiega che dopo le iniezioni alle povere chiappe sono crollata a dormire nella sua macchina, che poi quando siamo arrivati io dormivo in piedi e che lui si è permesso di farmi dormire nel suo letto e lui da gentiluomo si è addormentato sulla poltrona, dice che con le iniezioni c'è il rischio della febbre alta e lui allora controlla. Ora capisco la faccenda del paradiso.

Gli dico, Scusa a lavorare non ci vai tu?

Lui sorride e dice che non ho il senso del tempo, che oggi è domenica.

Ah. Poi penso guarda tu questo vicino bello che vive da solo. Intanto questo si avvicina e controlla il polso e io sento suo odore estremamente buonissimo come di letto di sonno e anche di grandi porcherie a essere sinceri sto già partendo con l'immaginazione.

Mi fermo e gli dico, Vivi solo, tu?

Lui fa una faccia che mi sembra che nasconde un sorriso e dice, Sì.

Be', lo ringrazio e visto che non ho la febbre e anzi mi sento molto bene e anche un po' agitata per pensieri di grandi porcherie gli dico se posso fare colazione da lui visto che io ho molta fame e domenica negozi chiusi io niente in casa da mangiare al solito. Lui ridacchia ancora e dice, Sì, anzi dice che facciamo una cosa, mi invita a mangiare fuori se voglio così ci conosciamo meglio e parliamo anche del disastro che ho fatto io col divano letto eccetera.

Io che appunto come vi dico non rifiuto mai. Insomma, mi porta in un bel posto vicino al mare e beviamo anche parecchio, noto con piacere che questo vicino creditore molto apprezza anche lui le gioie del mangiare e del bere. Prendiamo a chiacchierare e chiacchieriamo che sembra ci conosciamo da una vita. Intanto io penso che siamo vicini di casa come lo sono Rodolfo e Mimì, la miseria porca c'è anche quella, manca solo l'amore.

Mi diventa proprio simpatico questo vicino creditore medico. Chiedo, Che segno sei tu?

Lui dice così: Bilancia ascendente Bilancia!

Alè.

E dopo pranzo ancora ce ne andiamo in giro e mangiamo i gelati e la sera sotto casa nel portone lui mi dice, Mica ci ho voglia io di lasciarti andare ora, oh no che non ce ne ho nessuna voglia. Io dico: Caro vicino creditore neanch'io ti confesso ce ne ho nessuna voglia. Così succede che andiamo a casa sua e ci mettiamo subito a baciarci come due matti e poi a fare l'amore come nei film.

Non so se sarà l'effetto delle vaccinazioni contro la rabbia del cane, può anche darsi; non so se magari anche l'effetto che nel frattempo io al vicino gli ho raccontato tutta la mia vita di sfighe cosmiche e lui anche commossissimo e fa: Guarda che tu ai soldi dei danni che mi hai fatto non ci devi più pensare, eh! Comunque si capirà la mia grandissima immensa felicità nonché sollievo per non dovere più sborsare quella che per me era una cifra da capogiro allora e adesso anche.

Fatto sta. Dopo quella memorabile notte io me ne vado in giro per le strade sempre con dentro al naso l'odore di questo vicino e poi come grandi gridi dentro di me per la gioia incredibile e anche pensando, Visto! Visto mia cara che la tua non è solo una vita di grandissime porche miserie, oh no, anzi c'è capitata questa cosa stupenda nella ex vita di sfighe, attuale vita bellissima: che abbiamo trovato un amore immenso.

Ma c'è un piccolo particolare però. Il vicino dottore essendo a essere sinceri molto fidanzato da anni sette. Lui mica che ha fatto il verme schifoso che mi mente e fa i raggiri tace la verità, no, lui anzi lo dice a me il pomeriggio stesso mentre stiamo mangiando e bevendo, io però mica che la metto in conto questa fidanzata, perché la prima cosa che penso è che io, con un fidanzato così, al posto di lei mica lo lascerei dormire solo la notte e andarsene in giro da solo la domenica, no. Io penso che se fossi questa fidanzata me lo terrei bello stretto vicino vicino questo vicino.

Allora io dico, Com'è che adesso tu non sei in giro con la tua fidanzata allora?

Lui dice, È in vacanza con una sua amica.

Ci siamo, penso. Io con un fidanzato con questi pettorali, con queste gambe, con queste labbra, col cavolo che me ne vado in vacanza con l'amica e me lo lascio qui solo soletto.

Concludo pensando che in verità questo loro fidanzamento finirà prestissimo, tempo due tre mesi e io questo me lo ritrovo bello libero liberissimo sfidanzato.

Manco a dirlo le cose non vanno così per un cazzo. Quella sì che se ne va in vacanza con l'amica ma quando torna quella se lo tiene sul serio bello stretto come avrei fatto io. Insomma, questo vicino dottore gli prende l'angoscia da decisioni. Dice che si sente in colpa con lei la fidanzata e con me l'amante segreta vicina di sopra di casa.

Colpa colpa colpa e una sera lo vedo che rientra in casa con una rossa che non è la fidanzata (avendo io spiato numerose volte dalla finestra questa fidanzata insipida sì ma bruna ed essendo questa che si porta insipida rossa).

Io piango moltissimo e vado a trovare Giovanna per cercare consolazione e quella mi fa: Mollalo. Quello è un bastardo. Quello è uno scemo montato bastardo. Lo conosco da un po' io sai, aveva una storia con una che faceva politica con me. Io però che mi frega di quest'altra insipida che faceva politica con lei, io sono infelicissima che mi metterei una pietra al collo e mi butterei da qualche parte.

Però lui l'infame mi cerca ancora e io sempre accetto di vederlo nella speranza di ripassare ancora una di quelle notti bellissime come era stata la prima. Ma le notti non sono più bellissime anzi fanno quasi schifo devo dire, lui che ora ha ripreso a lavorare tanto e sempre stanchissimo, io che mi sembra di vivere già di ricordi, l'estate che è finita, ritornare a lavorare con gli handicappatini, la vita porca schifosa miserabile insomma sto malissimo.

Per aggiungere fortune a fortune un'altra sera lo vedo che entra nel portone con un'altra insipida bionda e allora cosa faccio. Gli faccio una scenata della madonna, lo mando a dare via il culo lui e l'insipida che si è portata e quell'altra che si fidanza e poi sbatto la porta schifosa e me ne salgo al piano di sopra. Tutta la notte grandissimo dolore e insonnia, quando mi addormento era meglio se continuavo con l'insonnia perché faccio incubi anche loro della madonna terribili.

Per esempio tanto per dirne uno, sogno che sono in mezzo a delle distese di ghiaccio sola e abbandonata un grande freddo dappertutto fuori e dentro ovunque. Oppure questo ghiaccio che continua a esserci e il freddo pure però non sono più sola ma c'è un banchetto con uomini tutti terribili, vestiti di nero con gli occhiali scuri come i famosi killer assassini e io che gli devo servire da mangiare a questi killer assassini terribili e allora gli servo dei pezzi di donne morte e surgelate anche loro, che così legano bene con tutte le distese e i ghiacciai.

Insomma, tutto il grande amore che avevo per questo ginecologo con le gambe come le famose colonne delle chiese che mi fa soffrire come un cane randagio. L'unica consolazione che mi dico che in tutta la storia io almeno ho risparmiato i tre milioni e passa. Be' ma se ci soffri come un cane che ti frega dei tre milioni e passa, diceva l'amica Giovanna che ha pur sempre una mentalità da gran signora. Io piangendo molto fra le mie lacrime dico che faccio per dire, che è tanto per trovare una qualche consolazione minima, perché in fondo io vorrei essere una che in mezzo alle sfighe della vita riesce a trovare qualche consolazione minima.

Queste grandi sofferenze amorose durano un annetto buono. Tutto il lunghissimo inverno freddo che un po' vi ho raccontato nei primi capitoli qui nella casetta a soffrire e consolarmi sulle spalle dell'amica Giovanna.

Dopo l'inverno con le sofferenze amorose succede che arriva di nuovo l'estate e io un po' mi riprendo e cosa faccio, mi innamoro di nuovo. E questo è un altro capitolo.

8.

Dato che il primo infame non mi bastava ne conosco un secondo

Sempre un mese di luglio che si vede sono specializzata me ne vado al mare con l'amico Ivano, dopo il mare Ivano mi fa la proposta di andare a una festa di gente che sa lui che sono tutti molto antipatici, però dice che c'è sempre molto da mangiare in queste feste che fanno questi antipatici. Accetto ovviamente, chi se ne frega simpatici o antipatici.

Appena entriamo io saluto alla svelta e mi dirigo veloce come il lampo in cucina. Sono lì che mi ingozzo di torta pasqualina, focaccia, pizza, vino bianco e vedo un tipo un po' pelatino, rosso di pelo con occhialetti rotondi che mi guarda. Sulla quarantina. Sorride, io penso che cavolo hai da ridere fesso, perché io nel periodo che vi racconto molto arrabbiata con il genere maschile.

Questo si avvicina e dice, Buon appetito, eh. Adesso lo mando a fare in culo, penso ancora io. Però arriva uno e lo chiama per nome e chiede se può dargli uno strofinaccio e lui glielo dà.

Dico, Sei il padrone di casa tu?

Lui fa, E sì.

Io dico, Ah! Piacere, molto piacere. E continuo a ingozzarmi però facendo finta di ingozzarmi un po' meno, con un po' più di stile cioè.

Questo mi dice che si chiama Filiberto, giuro che si

chiama così. Che ha 44 anni e fa lo psicologo in un centro di igiene mentale. Che tipo di psicologo? Psicologo seguace di Reich. Ah. Sì. Allora ce ne andiamo sul terrazzo a chiacchierare. Tanto, anche se per caso non ne ho voglia, ho capito che questo non mi molla più finché sto qui alla festa.

Mi piace però il gesto che fa che mi riempie un piattone di roba e me lo porta sulla terrazza e poi mi piace anche che sempre si affretta a riempirmi il bicchiere appena lo vuoto. Insomma, come va con questo Filiberto psicologo reichiano. Va che questo attacca a riempirmi di gentilezze e complimenti a non finire, e dice: Tu mandi delle vibrazioni estremamente positive! E dice anche: Tu hai un'energia estremamente piacevole! E poi attacca che occhi, che labbra, che sorriso, che dolcezza, che bellezza: questo mi sta scopando qui sulla terrazza nella sua testa.

Però io che devo dire, anche se i complimenti arrivano da uno psicologo reichiano pelatino di pelo rosso a me i complimenti piacciono sempre e dopo le grandissime sofferenze col ginecologo infame a me due complimenti mi fanno proprio bene.

Certo, me lo guardo un po' e lo vedo che non è quel che si dice la classica bellezza, eh no. Però è simpatico, chiacchiera forte e a me piacciono le persone che chiacchierano forte. Poi penso che se col ginecologo infame che invece era la classica bellezza, oh sì, le cose sono andate così sfigate, va a finire che con questo pelatino rosso vanno magari un po' meglio.

Cosa succede, che quando andiamo via dalla festa lui continua a inseguirmi riempiendomi ancora di complimenti sulla mia energia estremamente positiva e le mie radiazioni estremamente piacevoli e poi vuole il mio numero di telefono e io glielo dò.

Mi telefona il mattino dopo alle sette e che mi deve assolutamente rivedere e che non ha dormito pensando alle mie radiazioni eccetera. Mi invita a cena per la sera. Ormai si è capito che io non rifiuto mai. Poi andiamo a bere da lui. E questo se ne esce che stanotte posso fermarmi a dormire da lui che per lui questo fatto sarebbe questo: la realizzazione di un sogno estremamente piacevole. Io però mica ci ho voglia di fare le cose con questo psicologo reichiano, un po' perché a essere sinceri ancora ci ho nella testa maiala l'infame ginecologo, un altro po' perché le radiazioni che manda lui invece mica sono così piacevoli come quelle che mando io a lui.

Me ne torno a casa. Ma quello continua a telefonarmi per una settimana di fila sempre al mattino presto e sempre dicendo che non riesce più a dormire eccetera. Tu non riesci ma io riuscirei, gli dico. Comunque, l'estate che è cominciata caldissima da scoppiare qui nella porca città. Di soldi per le vacanze neanche a parlarne. Allora Filiberto parte per le vacanze e mi dice che potrei partire con lui che se permetto offre lui. E io certo che permetto. Propone di andare in montagna dove c'è fresco e dove lui ha la casa. E partiamo.

Insomma, a conoscerlo questo Filiberto mica è un verme schifoso, no, anzi è un gentiluomo, non mi fa proposte porche perché io detto a lui chiaramente che in vacanza con lui ci vado ma se si mette in testa che poi scopiamo solo perché mi porta in vacanza è scemo. E lui gentiluomo. Tant'è. Ce ne andiamo a passeggiare, la sera poi passeggiamo lungo il laghetto e ci facciamo belle bevute nel bar dell'imbarcadero e ci raccontiamo le robe.

La storia che questo Filiberto aveva era interessante da sentire, lui poi un discreto narratore orale e così andavano le cose. La storia d'amore grande della sua vita era durata 14 anni con una ragazza africana di Abidjan nella Costa d'Avorio. Dopo che la storia è andata a finire male lui prende e se ne va in America dove dopo solitudine e dolori incontra una pittrice californiana e nasce un amore abbastanza bello. Non bello come con la ragazza africana che ancora non va via del tutto dal suo cuore dopo più di vent'anni, no, però un amore abbastanza bello.

Senonché lui vuole tornare in Italia per la madre e le cose con la pittrice californiana si guastano. Sull'aereo che lo riporta in Italia conosce una francese che io un po' gli ricordo (?) e se la sposa. Dopo tre anni che abitano sullo stesso pianerottolo della mamma lei se ne scappa una notte e non si sa più niente di lei dove è andata, niente.

Io mi dico chissà perché questo così sfortunato con le donne. Comunque. Già un paio di settimane che ce ne stiamo lì in questo paese di montagna col laghetto l'imbarcadero le passeggiate e ce la raccontiamo, sicché io questo psicologo pelatino succede che comincio a vedergli solo i pregi, le cose belle e anzi succede che comincio a vederlo non male anzi a essere sinceri ci sono le volte che mi sembra bello quasi come può essere bello il mio ideale di bellezza che non ve l'ho ancora detto è Pavarotti. E allora quando io comincio a vedere solo i pregi e comincio a vedere che uno è bellissimo quasi come Pavarotti è segno che mi è venuto l'innamoramento.

Telefono allora a Giovanna per chiedere consiglio e lei dice, Mollalo. Telefono all'amico Marco per lo stesso consiglio e lui si fa delle grandi risate e io dico, Che ridi stronzo, guarda se per sentirmi le tue risate io devo rimetterci un'interurbana. Comunque quando torno a casa rimango un po' lì a guardarmelo e decido che io lo voglio come innamorato questo Filiberto psicologo reichiano pelatino, rosso di pelo.

Cosa succede. Va tutto bene, lui tutto innamorato che dice sempre che è come avverato quel bellissimo sogno eccetera. Finché una mattina presto verso le sette sentiamo suonare il campanello della porta e lui si alza e sento parlare sento urletti festosi vocine stronze e grido, Chi sono? Chi sono questi bastardi Filiberto? E poi mi si spara lì davanti al letto dove dormo una donnina sulla settantina tutta truccata come una pazza che si sbraccia e mi sbaciucchia e grida così: Très joli!!! Très très joli, bravo Fili! Bravisssssimo!!!

Filiberto dice, Cara, ti presento la mamma.

La mamma essendo una vecchia attrice di teatro si spara lì e continua a sbracciarsi e dice, Ho seguito un impulso ragazzi!! Ho seguito un istinto! Un istinto di felicità!!! Io sto per rimanerci secca.

Sono nuda come la famosa mamma mi ha fatto e questa pazza si siede lì sul bordo del letto e mi squadra e mi spiega che quando Fili le ha detto di noi è venuta via di corsa dal Portogallo dove stava in vacanza con Henry (Henry è il suo terzo marito di anni 35) e poi ha preso un taxi da Ventimiglia e si è fatta portare subito qui di corsa per vedere questa ragazza che ha preso il cuore di Fili.

È così gentile che penso che mi vuole uccidere. Insomma, le nostre vacanze sembra che devono proseguire con la mamma.

Gli dico a Fili che io mica ci ho voglia di queste vacanze così edipiche, gli dico anzi che se non fila la mamma sono io che filo. Lui dice invece di averci pazienza e che la mamma ha fatto tutti quei chilometri solo per conoscermi e che io le piaccio così tanto che dovrei essere proprio felice.

Felice non direi, faccio io. Attento, attento Fili, che io me ne vado.

Lui dice, Non costringermi cara a dover scegliere fra te e la mamma, non farlo cara.

A me vi dico che nella testa è come se mi schiariscono tante cose su questo Filiberto, e dico, Sì che ora ti costringo a scegliere fra me e la mamma, e mi sento cattivissima per le mie parole come un film di Betty Davis quando Betty Davis è cattivissima.

Lui dice di continuo, Ragioniamo.

Io dico, Ragiona tu, ragiona con la mamma.

E una mattina presto prendo l'autobussino e porto via.

9.

Dove vi racconto i famosi primi amori

Vi dirò che sempre ho avuto in me questa propensione a cadere innamorata di maschi più grandi di me. Per esempio anche da bambina, facile che guardavo i vecchi cioè quelli con una decina di anni più di me. Le amiche Simona e Nicoletta lì a innamorarsi di quei Manzino Massimo, Silvestri Stefano, Gobello Damiano compagnetti di classe, mentre io grandi vibrazioni seduta nel banco per certo Angelo sugli anni venti di età.

Questo Angelo pure cattolico che viene a suonarci la chitarra insieme al prete che ci insegna la religione. Quando Angelo chiama qualcuno per fargli provare la chitarra io alzo di scatto la mano proclamando, già allora diabolica, IO! IO VENGO!!

Un po' lui tenta di farmi sistemare bene le mani, io che non capisco niente perché mica sento quello che dice lui, ma solo rimango affissa a contemplarmelo rossa come un pomodoro molto agitata. Lui per un po' paziente, poi dice, Forse è meglio che facciamo provare a qualcun altro cosa ne dici? Me ne torno al mio posto con la testa che come se girano intorno mille uccellini, per fare un paragone.

Quando ci fanno recitare la preghiera che dice Angelo di dio che sei il mio custode eccetera io mi immagino che queste cose le indirizzo a lui per via del nome angelo. Non mi ricordo poi come e quando smetto di preciso di amare questo Angelo cattolico chitarrista.

Ricordo però la seconda grande passione della mia vita. Adesso ho undici anni e cado innamorata di Vincenzo, noto garzone di panetteria di anni diciotto. Di questo Vincenzo ricordo ancora le sue mani belle grandi e la già discreta pancia quasi stile Pavarotti. Questo Vincenzo lo vedo alla domenica che esco dalla messa con l'amica Ornella e andiamo a comprare le paste e lui il garzone seduto a riposarsi sul muretto davanti alla panetteria che guarda donne e fumacchia con aria di uomo grande esperto di donne, in compagnia di suo amico pasticcere.

Noi ci passiamo davanti e Ornella al corrente della mia passione matta ride come una scema e grandi gomitate nel mio fianco. In quattro e quattr'otto io già bella fidanzata con questo panettiere. La prima volta che la madre Concetta ci vede seduti vicini sulla panchina dei giardini che ci baciamo molto mi dà un'occhiata feroce nel suo stile selvatico solito e poi ordina di seguirla a casa.

Arrivate che siamo la madre tira a me molte sberle e urla con molto fiato così: PUTTANA!!! PUT-TTTA-NAAA!!! Il fratello rientra in casa nel frattempo e apre il frigo e subito ingozzandosi di prosciutto con la bocca piena, insensibile alle mie lacrime si pronuncia così: Intanto io lo sapevo che questa veniva una puttana. La madre forsennata continua a dire puttana puttana e si tira via i capelli dalla fronte tutta sudata per lo sforzo che il battermi le procura. Dice poi quando è stanca: Io lo dico a tuo padre. A tuo padre lo dico.

Aspettiamo allora che torna il padre. Questo padre non mi picchia come usa la madre, cioè con una fila di sberle che non finiscono più, no, il padre si limita a un'unica sberla lanciata con buonissima mira esatta, di quelle che come si usa dire lasciano il segno delle cinque dita. Poi annuncia: Tu di casa non esci più.

A queste parole io cado nella disperazione autentica perché penso che per la mattina dopo avevo già fatto questo bellissimo piano: di saltare la scuola e starmene con la mia grande passione nella panetteria per fare i porci.

Allora qui faccio ricorso alla mia astuzia già diabolica e mi butto per terra scalciando e sbraitando e spero di ricordarmi bene una scena di follia violenta che ho visto alla tivvù. Così riesco a sgominare la banda di malfattori, la mia famiglia cioè. La mattina dopo torno alla libertà e sono libera di saltare la scuola e raggiungere il mio grande amore garzone di panetteria.

Vado e il mio amore subito mi regala due brioches che ha fatto lui con le sue belle manone. Poi mi chiede un bacio e io glielo dò.

Dopo mi dice che però ora è stufo di avere una fidanzata piccola come sono io perché io gli dò solo i baci finti, non quelli veri che fanno godere come si deve. Io sono offesa a sentirmi dire che sono una bambina, perché a me invece mi piacerebbe essere veramente Grande, e Porca, come le cugine per esempio.

Allora mi metto a pensare alla mia situazione e so che tanto prima o poi la mia famiglia lo viene a scoprire che io salto la scuola, e mi scacceranno di casa allora come promesso, e io farò per forza la Porca, magari a Parigi. Sì, me ne vado a Parigi a fare la Porca, deciso.

Allora dico al mio fidanzato Vincenzo, Vincenzo! Noi da oggi ci baciamo con i baci che fanno godere! Noi ci baciamo con la lingua! Lui tutto contento, si tocca un po' la patta dei pantaloni e mi regala un pezzo di pizza per festeggiare. Poi mi prende e mi mette seduta sul banco dove impasta il pane. Avvicina la sua faccia alla mia e io rimango un po' lì a sentire questa cosa molla e che sa di sigarette in bocca.

Questo mio amore Vincenzo mi spiega che però io mica devo starmene lì con la bocca aperta e basta, mi dice che anch'io devo fare delle cose con questa mia lingua che ho in bocca. Io penso che mi sa che non sono capace e che questo particolare non l'ho mai sentito discutere dalle cugine porche. Così sono già un po' demoralizzata, mi sa che io non imparo più a baciare da autentica porca, e addio Parigi.

Vabbé, comunque proviamo, e mi ricordo anche di chiudere gli occhi perché così fa la sorella di Simona quando è lì che limona a tutto gas col suo ragazzo Adriano. Alla fine cari miei non sto più nelle mutande dall'orgoglio, perché penso che ho undici anni e finalmente per la prima volta ecco lì che anch'io ho limonato.

Quello che mi verrebbe voglia di fare è di correre via e andarlo a dire subito a Ornella. Ma questo Vincenzo ora si vede che la faccenda della lingua lo ha bello che esaltato perché è lì che sospira e gode gode gode, facendo proprio la faccia di chi gode e intanto mi mette addosso le sue manone di panettiere e mi spinge sempre di più su questo banco dove di solito sta lui a impastare.

A questo punto io un po' mi preoccupo, perché sì che ormai io l'ho capito che il mio destino è quello di andare a fare la porca in giro, il fatto è che penso all'ora e mi viene in mente mia madre, per la precisione le sue mani che sempre con grande facilità volano sulla mia faccia e anche la sua voce che bucandomi le orecchie sempre ripete: puttana puttana.

Così scanso Vincenzo e dico, Ohè, ora basta! Basta di limonare e fare i porci, che ora è? Io devo andare.

Vincenzo lui fa un faccia di grande dolore tipo se gli avessi schiacciato un piede. Io però me ne vado perché devo arrivare davanti alla scuola prima che escono gli altri, aspettare Ornella così mi informo se è successo qualcosa e se mi hanno scoperto.

Ornella fa una faccia che non approva perché lei contraria a saltare scuola e anche a limonare, dice che ce n'è di tempo per fare le porche, che noi ancora troppo piccole, io invece penso che uno non deve aspettare un bel niente per godere e godere. Quest'amica Ornella ha un'aria di quella che è proprio tranquilla perché ci ha la coscienza in pace, lei ha fatto il suo dovere andando a scuola e non limonando. Per la strada mi lancia occhiate strane ogni tanto, come per vedere cosa succede a limonare, come se si aspetta che mi spuntano due carciofi sulla testa.

Io ho fatto subito l'annuncio appena è arrivata, ho detto: Ornella! io ho limonato tantissimo con Vincenzo e ho goduto. Lei risponde: Sta' attenta.

Io mi arrabbio un po' per questo stile che ha lei preso esatto da sua madre, lo stile di chi minaccia sempre sciagure in arrivo. E io le sciagure non le voglio: io voglio solo godere.

Così dico: È tutto qui quello che dici amica mia?

Lei alza le spalle di nuovo come fa sua madre e dice, Contenta tu.

Non dico più niente allora, anche perché siamo arrivate e la saluto e m'infilo nel portone.

A casa faccio la tranquilla, fischietto e invento un po' di balle di cosa hanno detto i compagni a scuola, cosa ha fatto la professoressa eccetera. Guardo mia madre mentre cucina e mi tranquillizzo perché non sospetta. Poi mi chiudo nel gabinetto e mi metto davanti allo specchio guardandomi per bene la faccia che mi è venuta per avere goduto, poi mi avvicino allo specchio ancora di più e bacio questo specchio per vedere come sono quando bacio così da autentica porca.

10.

Capitolo fondamentale dove presento
l'infame numero tre e vi racconto
di come finiamo uno nelle braccia dell'altra
amandoci come matti

Ecco qui uno dei capitoli più importanti che si entra nel cuore del romanzo e è quello di come conosco questo mio grande amore infame della mia vita.

Tornata un'altra estate. Sempre una festa dove vado a mangiare a sbafo con gli amici Marco Cristiana e Paolo. Io al solito ormai anche noioso il ripeterlo sono lì che mi ingozzo e può darsi anche per come sono vestita quella sera sento addosso a me lo sguardo di un tipo sulla cinquantina molto grosso grande pancia capello lungo mezzo brizzolato insomma quasi più bello di Pavarotti.

Vi dico rapida per curiosità come è che sono vestita quella sera allora: ho su un vestitino giallo acceso che ho preso per l'occasione di questa festa con un esproprio rivoluzionario da Rinascente – quindi ceffata in pieno la misura, penso che questo vestito mi starebbe benone solo che dovrei averci dieci anni di età.

Oltre che gli amici che ho detto alla festa piomba lì quello che allora è il mio fidanzato del momento Antonio. Questo Antonio del momento sì che è il mio fidanzato, fatto è che se non lo vedo sto assai meglio. Tant'è quello arriva e io già il nervoso perché avendo puntato il cinquantenne. Io quando non ho più voglia di un fidanzato ve lo dico mi vengono le crisi che divento muta, così questo Antonio lì che cerca di contarmela e io che sto muta.

A un certo punto però vedo il grosso pancione che si avvicina a Antonio e lo saluta e si stringono la mano. Come mi spiega il mio fidanzato di allora si tratta in questo caso di grande artista, non famoso, a dire la verità per niente, però lo stesso grande artista secondo questo Antonio.

Artista come? chiedo.

Pittura grandi quadri del genere dei futuristi per farmi capire, tele rivoluzionarie futuriste d'avanguardia. Io penso bene bene, cerco di mollare questo Antonio agli amici Marco e Paolo che capiscono al volo per fortuna e mi dirigo da questo bellissimo futurista sempre per i miei gusti, tanto Antonio ci aveva presentati almeno a qualcosa è servito anche lui. Mi avvicino e gli dico bugiarda come il diavolo che mi piacciono moltissimo e che conosco proprio benissimo questi suoi quadri futuristi rivoluzionari. E dico anche: Viva l'avanguardia!

Lui il grande futurista bellissimo mi dice: e dove li ho visti questi suoi quadri che ammiro? Io un po' imbarazzata ma sempre super diabolica mi metto a ridere e propongo di bere qualcosa ancora e dico, La beviamo ancora qualcosa, sì? Tu la vuoi ancora qualcosa da bere? Per farla breve comunque ci mettiamo lì e parliamo e questo futurista mi sembra simpatico, battuta pronta, a tratti anche un'aria un po' rincoglionita devo dire, però molto brillante ironico da autentico futurista. Noto inoltre una qualità fondamentale nelle persone cioè quella di apprezzare le gioie alcoliche.

Fatto sta che a un certo punto mi vengono grandi idee e cosa faccio io la diabolica, faccio che guardo l'ora e dico che peccato! che peccato che me ne devo proprio andare, oh sì, che sono proprio stanca e che noia anche dovere aspettare l'autobus a quest'ora notturna tutta sola, perdipiù anche la pioggia che noia. Io per le conquiste sentimentali sono proprio diabolica, giuro che lo sono. Infatti lui il futurista attuale infame abbocca e mi chiede se lo voglio un passaggio da lui con la macchina.

Sì che lo voglio.

Dove abito? Che combinazione quasi vicino a lui. Dove è casa sua? Casa mia è su per di qua, per caso lo vuoi ancora un bicchierino? Sì che lo voglio.

Dunque entriamo e mi metto lì e gironzolo un po' per questa soffitta futurista che vi dico subito piuttosto sfigata tipo casa mia per capirci, però molti libri da autentico artista intelligente. Mi metto lì e mi pianto alla libreria per vedere le letture che questo fa se insomma ci sono romanzi perché a me solo la lettura dei romanzi piace.

Gli chiedo qual è uno dei romanzi fra questi che ci sono qui che lui ci ha dentro al cuore, e lui dice così: Be', Cime tempestose, sì posso dire che Cime tempestose come mi viene in mente adesso ce l'ho nel cuore.

Io che sono più ubriaca che sobria mi si riempie il cuore di felicità perché ve lo dico che questo romanzo d'amore travolgente è anche per me uno dei miei prediletti con la Caterina e quel bellissimo Heatcliff con carattere di appassionato autentico, amore sempre costante nella vita e anche dopo nella morte. Penso che se uno ci ha nel cuore Cime tempestose per forza che anche lui nel suo cuore deve essere un appassionato, e non un infame.

Poi lui dice, Allora facciamo questo gioco, che ora mi dici tu qual è il romanzo che ci hai nel cuore e vediamo se mi piace anche a me. Ragazzi, conversazioni di arte e di amore che sembriamo esatti esatti Rodolfo e Mimì nella soffitta.

Allora io senza esitare dico forte così: La Certosa di Parma! Te lo dico senza nessuna esitazione.

Lui chiede, Cosa ti piace della Certosa?

Io dico, Tutto mi piace della Certosa, dalla prima all'ultima parola, mi piace la Clelia, e la Sanseverina, mi piace anche il conte Mosca già che ci siamo e soprattutto mi piace questo bellissimo Fabrizio del Dongo un po' sballato che mai si innamora e poi patatrac, lo chiudono lì nel carcere e solo lì riesce a innamorarsi povero.

Mi fermo e guardo se lui mi sta a sentire, perché io qui sono proprio felice che posso parlare così di questi romanzi d'amore.

Poi dico anche, Ti racconto un'altra cosa che mi ha fatto innamorare della Certosa: sai quando la Clelia è lì che fa il voto alla madonna di non rivedere mai più Fabrizio?

Eh, fa lui il futurista che intanto si è seduto sul piccolo divano.

Be', e sai quando si rivedono e sono lì che si amano come matti e allora come fa lei povera col suo voto? Dico e poi faccio una pausa e mi riempio il bicchiere ancora e mi siedo intanto vicino al futurista che sento già nella pancia l'innamoramento che sale sale e non si ferma.

Come fa? dice lui.

Fa che questa Clelia fa l'amore tutto il tempo con gli occhi chiusi per tenere fede al voto che aveva fatto di non rivederselo questo amato Fabrizio.

Lui dice, Ci hai gli occhi lucidi ora.

Io dico, Il vino. Sempre il vino mi fa gli occhi lucidi.

Lui dice, Il vino no, prima non ce li avevi così lucidi.

Io dico, Allora è la storia di Fabrizio del Dongo, e mentre dico Dongo lui anche lo vedo che ci ha gli occhi lucidi, e io penso che lo voglio sposare e insomma, lì a baciarci mille e mille baci e poi l'amore sempre come nei film proprio da matti autentici.

Signori miei ve lo dico, l'amore quando ci si mette è proprio bello.

Io poi che nelle mie cose sono anche monotona mi succede il giorno dopo uguale che quell'altra volta del ginecologo, anzi macché, di più molto di più, cioè che prendo e me ne vado in giro per le strade sempre come gridando dentro di me per la grandissima gioia incredibile e eccomi qui di nuovo innamorata matta.

Be' come è andata. È andata che passiamo dei giorni con io che continuo a scoppiare dentro per la felicità e lui il futurista tutto gentilissimo premuroso per farvi un esempio grandi pranzi, grandi cene con grandi bevute che mi offre. Bellissimo. Inoltre sono appena iniziate le vacanze, io che ho mollato gli handicappatini, lui che tanto dice che può anche mollare per un po' i suoi quadri rivoluzionari futuristi d'avanguardia che tanto non ha neanche molte richieste al momento e mi propone quindi di partire insieme per delle bellissime romantiche vacanze d'avanguardia dove voglio io e che se non mi secca offre lui. A me non mi secca no. E anzi penso che mi viene ancora più da gridare dentro per la felicità immensa e ancora come l'altra volta mi dico che mica è vero che ci ho questa sfiga cosmica che mi perseguita e mi accompagnerà alla tomba, macché, anzi va a finire che io è capace che sono pure una di quelle persone baciate in fronte dalla fortuna, sì non è da escludere.

Finché succede che una sera nella soffitta suona il telefono ed è quella grandissima vacca della sua ex moglie che è anche la sua gallerista e ci ha una crisi psicologica fortissima, che lei non vorrebbe proprio disturbarlo però c'è anche il suo psicanalista in vacanza e lei ora avrebbe proprio bisogno di vederlo e parlargli anche un po'. Questa grandissima vacca della sua ex moglie abita adesso a Londra, e questo infame futurista parte immediatamente per Londra, alle undici di sera.
Io come direbbe Giovanna sono bufala. Spaccherei tutto però poi mi metto lì calma e cerco di ragionare, di fare anzi quella ragionevole che non rompe i coglioni, no, e gli dico oh sì vai, vai caro ci mancherebbe se non vai, vai che

io ti aspetto tanto mica che ci stai tanto lì a Londra dalla vaccona.

Lui dice, Clotilde non è una vaccona, ti prego di non parlare così a questo modo di lei, siamo stati sposati 15 anni le voglio molto bene è anche la mia gallerista. Poi non la conosci neanche e già te ne esci con i titoli.

Io altro che ragionevole io spacco tutto, dico, e lui dice che non capisce queste storie adesso e però promette che in due tre giorni lui risolve tutto, parla un po' con la puttanona e torna e ci facciamo le bellissime vacanze romantiche d'avanguardia insieme felici. Va be', io mi calmo allora.

Me ne torno a casa e ci ho un magone grandissimo però, mi dico che forse sono esagerata come sempre che sono portata a esagerare tutto, va bene che magari è questa Venere in Scorpione che mi porta alla tragedia nelle faccende d'amore, va bene che magari anche l'ascendente in Acquario con la prevalenza degli istinti bassissimi irrazionali, fatto è che io le cose me le sento e sento precisamente che questa faccenda della vaccona complica le cose e sento anche che ci saranno casini a non finire.

Allora stanotte chi dorme. Telefono al mio ex fidanzato e amico Marcello, gli faccio il sunto e lui dice, Tu sempre a cacciarti in queste storie fuori dal mondo.

Tu caro Marcello sei un moralista che non ce n'è, gli dico, perché spiegami questa dovrebbe essere una storia fuori dal mondo?

Lui dice, Ma dài, nemmeno lo conosci questo, chi cavolo è? Che ne sai di lui?

Io dico allora, Come che ne so, scusa, so che è un grande artista rivoluzionario futurista, so che gli piace Cime tempestose, che sono innamorata cotta e che è un amante grandioso, che altro dovrei sapere?

Dopo un po' Marcello taglia corto perché sempre lui taglia corto quando gli sparo le mie lagne sulle cose sentimentali. Allora io telefono all'amico Sergio Tasca che abita in Piemonte a Cossano e che è piuttosto incazzato perché come mi spiega lui in questo periodo si alza presto che va a fare il postino in giro mica come me che non faccio niente solo capace di andare in giro a innamorarmi di grandi infami che sembra che mi sto specializzando e ci voglio mettere su una collezione di infami. Però mi dice il Tasca che potrei andare da lui a trovarlo che così ce la contiamo. Be' questo mi solleva un po' ma solo un po'.

11.

Comincia l'infame attesa e vado a trovare Ivano

La mattina mi sveglio prestissimo perché fatto sogni molto deprimenti, per farvi un esempio io che sono sola su una spiaggia desolata e grigia e poi cumuli di spazzatura, io che mi sento precisamente come questi avanzi di spazzatura usati e poi abbandonati vabbe'. M'infilo un paio di braghe e mi metto a camminare per la città mattutina. Gironzolo e gironzolo e guarda caso dove mi ritrovo. Mi ritrovo esattamente davanti alla casa dove è la soffitta futurista dell'infame e me ne sto cinque minuti buoni come un'allocca con la bocca aperta a guardare e ricordare. Poi lancio di due madonne come si deve e mi schiodo da lì. A pochi passi da questa casa infame c'è anche la casa dell'amico Ivano. Questo amico Ivano sempre molto buono nella consolazione del mio cuore infranto.

Sono le otto. Lo so che magari lui è lì che dorme ancora. Ma io ci ho questo cuore agitato che sragiona e mi aggrappo al campanello dell'amico Ivano. Lui è già bello sveglio per fortuna e con la casa piena di borse e valigie, dice, Ti è successo di nuovo un guaio con l'amore?

Io dico, Sì eh sì, indovinato. Ma cosa ci fai tu in mezzo a questi bagagli e valigie?

Lui Ivano dice che si sta preparando per partire perché gli è successa questa cosa che gli hanno appena telefonato che è nata sua figlia.

Gli chiedo dunque se è emozionato per questo fatto e lui con la voce tutta di naso tipica che gli viene sempre quando ci ha le grandi emozioni dice, No no, un figlio mica che è chissà che. Un Cancro sballato questo Ivano.

Mentre parliamo mi viene in mente che sono nove anni che ci conosciamo e allora fra una cosa e l'altra vi dico che mi sta venendo su anche a me la commozione e allora qui otto di mattina già ci ho bisogno di inumidire i ricordi che mi vengono su. Per esempio ve ne dico uno di quando avevamo diciotto diciannove anni più o meno e io che gli dico che lui grande artista io grande scrittrice va a finire che la nostra è un'amicizia artistica proprio come la mia prediletta Gertrude Stein con l'amico Picasso per fare un paragone.

Ivano lui artista del genere senza pittura, concettuale cioè, che dice, A me Picasso mica mi piace, no, trova un altro artista sennò io non ci sto a fare l'amico di Gertrude Stein.

La madre della figlia di Ivano invece si chiama Christina e è una crucca di Lubecca mia amica. Ora la storia di questa Christina ve la faccio.

Torniamo indietro di un anno. Io al solito indovinate un po' senza lavoro senza soldi, con Giovanna ci passiamo in rassegna gli annunci economici dei giornali, uno schifo come sempre. Leggiamo di due posti da cameriera per un locale notturno a Nervi.

Io dico, Dài che può essere bello, si lavora di notte e di giorno grande libertà dunque quasi come non lavorare.

Giovanna dice, Ssssì! E poi dice, No, io a fare la cameriera nel bar notturno mi deprimo ancora di più che a fare la fame. Io però che sono un'avventuriera nata vado.

Arrivo lì in un pomeriggio presto e c'è una fila di ragazze tutte truccate minigonne calze a rete eccetera, poi ci sono io senza trucco con un vestito di lana lungo fino alle caviglie che ho preso per l'occasione da Coin sempre con un esproprio rivoluzionario, quindi ancora ceffata in pieno la misura e questo vestito mi sta addosso così, larghissimo lunghissimo che pende e piange da tutte le parti e sembra dire: No! io addosso a te non ci voglio stare! Poi ci ho il montgomery blu del mio ex fidanzato molto corto che forse lui lo portava quando aveva 12 anni.

Giovanna mi aveva visto così e prima mi dice se voglio far credere in giro di essere una tifosa della squadra calcistica del Genoa per via del vestito rosso e del cappotto blu, poi mi insulta per il mio sempre cattivo gusto nonostante mio segno zodiacale di esteti.

Fra la fauna di questo pomeriggio vedo una ragazza bionda bionda, occhioni blu con rossetto viola vistoso e un grande fiocco rosso sui capelli. Questa si avvicina e cominciamo a parlare, io penso mamma mia questa da dove esce. Lei chiede perché tutte le ragazze vestite così in tiro, e che in Germania non fa bisogno di vestirsi da battone per un posto da cameriera.

Comunque, vado a fare questo colloquio e loro mi dicono di togliermi gli occhiali e poi che non c'è problema per il vestito, che mi danno la loro divisa e però c'è il particolare se ho avuto esperienza di bar. Come non ne ho avuta!

E comincio a dire un po' di bar dove vado in genere a sbevazzare. Assunta.

Dopo di me fa il colloquio la tedesca Christina, così mi fermo a aspettarla. Assunta anche lei.

Lei dice, Siamo state molto fortunate, perché volevano solo due cameriere e preso proprio noi due!

Io dico, Come no, grande fortuna.

Mi dice che io ho portato fortuna a lei, e se voglio che mi accompagna a casa. Andiamo verso la sua Volkswagen tedesca e lì faccio conoscenza con un grandissimo cane nero che si rivelerà poi la famosa Dora di razza schnauzer dall'aspetto terribile e feroce in realtà rincoglionita.

Christina unica mia amicizia astemia, igienista, grande

sportiva. Allora in una pasticceria con tè e dolcetti offerti da lei. Lì tutto il pomeriggio a contarci la storia della nostra vita. Lei. Partita da Lubecca al seguito di suo amore italiano di Calabria. Vanno nel paese di lui Siderno e all'inizio sì sì, grande amore, promesse, facciamo qua facciamo là su e giù. Senonché suo grande amore la molla al paese e se ne va in giro per il mondo non si capisce a far cosa, torna ogni tanto con molti regali. Lui porta i regali e lei fa scenate.

Lei al paese sola con il cane Dora che si sente sempre con molta malinconica e non capisce cosa ci è venuta a fare lì. Sì d'estate molto bello per il mare eccetera, ma sempre sola, poi d'inverno come morire. Sulla spiaggia conosce ragazzo ligure in vacanza che sembra gentile e dice che lei se ne deve andare da lì che cosa ci sta a fare. Le lascia l'indirizzo di Santa Margherita dove vive e buonanotte. L'amore calabrese torna; lui di nuovo molti regali, lei grandi scenate. Numerosi pianti. Finché un giorno prende e scappa con la sua Volkswagen.

Sbarca a Santa Margherita. Questo tipo nel frattempo vive con un'altra ragazza. Propone di abitare in tre.

Lei dice, Sì, all'inizio perché io credeva amicizia invece i due altre idee, tu me capisci, sì?

E poi dice che questi fanno un cazzo tutto il giorno, bevono, fanno canne, droga e io di nuovo molta sofferenza, per fortuna c'era Dora. Trova posto da cameriera ma padrone molto porco.

Chiedo io, E la tua famiglia?

La sua famiglia così: il padre scappato a Cuba quando lei ha tre anni, la sorella scappata di casa con drogati matti, la madre assistente sociale in Africa a Kananga.

Si informa la tedesca: Tu prendi droga?

No che non prendo droga, sballata naturale io. La invito a prendere un altro tè a casa mia perché questa tedesca senza patria senza famiglia col fiocco rosso mi è simpatica, penso che è dei nostri.

Quando entra da me fa grandi fischi perché dice casa

mia bellissima sì, molto pulita, allegra, sì, io allora penso mamma mia chissà questa dove ha vissuto fino adesso.

Dice, Se vuoi possiamo fare cena insieme, cucino bene io. Hai qualcosa da mangiare in casa? Eh, no. Fa niente, vado io a comprare perché io ancora dei traveller's check da spendere. Viva la Germania.

Quando finiamo di mangiare lei si fa triste di colpo dice che brutto dopo questa bella giornata tornare dai drogati, e allora io che faccio, la invito a dormire da me.

Poi il giorno dopo c'è il fatto del bar notturno e così ci andiamo insieme.

In questo bar notturno prima di tutto ci danno la loro divisa. Io dico a Chris, Speriamo che non è una divisa da coniglette cose simili. Coniglette no però questo: gonna nera con spacco di dietro che raggiunge il sedere, camicetta bianca con spacco davanti che raggiunge l'ombelico. Poi mi dicono che i miei scarponcini fanno ridere e la padrona del locale mi dà le sue decoltè con tacco. Fatto sta che io mai portato tacchi in vita mia. Altro particolare il numero di piedi di questa padrona che è il 36, mentre io 39 o 40 a seconda. Terzo dettaglio mi dicono che mi devo togliere gli occhiali perché qui mica siamo a scuola.

Il locale molto buio, inoltre su pedana si esibisce un complesso con chitarre e musica molto forte che ogni tanto sparano fumi colorati che vanno in giro per il locale come i grandi concerti coi fumi. Io tutti gli sbagli che posso fare li faccio, in più fra miopia e fumi non ci vedo niente, mi fanno male i piedi e sono sempre lì a chiudermi la camicetta e per questo dimentico le ordinazioni e le confondo e tanti saluti.

Christina lei molto efficiente invece, cerca anche di aiutarmi ma quando usciamo alle cinque del mattino io sono tristissima e lei anche, dice che dobbiamo trovare un altro lavoro perché questo non va bene.

Secondo lavoro. Con un'agenzia immobiliare che dobbiamo andarcene in giro a fare finta che ci serve una casa da comprare e informarci da furbe sulle case libere eccetera.

Il capo ci porta in un quartiere elegante vicino al mare, ci lascia con le istruzioni e dice che ripassa a prenderci all'una. Un po' noi le furbe in giro per raccogliere informazioni andiamo a farle, fatto sta che sembra che i negozianti che devono darci queste preziose informazioni capiscono subito al volo che si tratta di sfigate che fanno le furbe per agenzia immobiliare e cominciano a trattarci molto male.

Così ci compriamo la pizza e passiamo il resto della mattina sulla spiaggia a scaldarci al sole.

Al capo quando arriva dichiarazioni false che invento io, il capo però come si dice mangia la foglia da vero capo e ci fa molti insulti che lui mica è scemo e non ci riaccompagna neanche in centro.

Terzo lavoro. Distribuire foglietti pubblicitari per casa editrice locale che pubblicizzano calendari in dialetto. Questo altro capo ci informa che il compenso è di lire cinque per volantino. Ci mette in mano un pacco di volantini di chissà quanti chili e noi facciamo un po' di calcoli scoprendo che girando tutto il giorno come due stronze alla fine il guadagno è di lire ventimila. Buttiamo i volantini in un cassone della spazzatura e ce ne andiamo in pasticceria per festeggiare la libertà con tè e dolcetti tanto ci sono ancora questi traveller's check.

L'idea geniale che viene a Christina è di cercare un altro lavoro, io però sono depressa. Ci iscriviamo al circolo di baby sitter Mary Poppins e lì ogni tanto troviamo qualche stronzo che ha bisogno di baby sitter.

Seconda idea geniale lei Christina vende la sua macchina tanto fra poco non ci sono più soldi per la benzina.

Terza idea se lei divide con me spese di affitto e di mangiare possiamo fare vita da gran dame. Affare fatto.

Come baby sitter io trovo una scultrice divorziata con figlio di tre anni, quartiere dei ricchi, che ha bisogno di me il sabato sera, altre sere ogni tanto e qualche altra roba. La cosa bella a fare la baby sitter che si saccheggiano i frigoriferi.

Chris un po' più sfortunata perché richiesta da numerosa famiglia con la nonna che se ne sta sempre lì in casa e controlla attenta le mosse della baby sitter, quindi niente saccheggio di frigorifero.

Con questa Christina tedesca passiamo l'inverno. Un inverno con un freddo della madonna. Casetta umida, niente riscaldamento per risparmiare, bohème a più non posso. Poi anche grandi camminate in collina per riscaldarci.

Finché una famosa sera primaverile festa nello studio dell'amico Ivano. Questa Christina lo vede e cade innamorata in quattro e quattr'otto.

Dice, Molto bello tuo amico Ifano, mi ricorda il calabrese.

Ivano lui grande libertino che sempre sfugge alle femmine innamorate.

Lei lo insegue e lui se ne scappa. E così per tutto un anno. Dice sempre l'amica Christina: Spiegami come è di carattere questo tuo amico Ifano, perché Christina anche grande esperta di psicologia. Io dico che secondo me Ifano grande libertino insofferente ai legami amorosi.

Christina lei però non demorde, Dimmi come fa con altre donne. Io racconto come fa che sempre correre e sfuggire come un grande ladro libertino.

Lei per un po' lo cattura e lui dopo ancora più di prima a sfuggire. Poi Christina mette in moto il suo piano di astuzia super diabolica che è quello di cominciare lei a sfuggire. Pare impossibile per me vedere allora l'amico Ivano ex grande libertino che mi telefona chiedendo disperato dove è finita mia amica crucca.

Io sotto minaccia di lei mia amica crucca devo dire che non lo so, forse tornata in Calabria forse tornata in Germania, forse innamorata di qualcun altro. Allora anche molti insulti da parte di questo ex grande libertino.

Dopo averlo fatto patire ben bene lei lo cerca e vanno a vivere lei Christina con il cane Dora nello studio di Ivano, altri vicoli, Christina succede che rimane incinta. Ivano gli tornano le vecchie passioni di libertino e sente minaccia per la sua libertà con questo figlio in arrivo.

Grandi tragedie. Christina scappa e mi tiene informata di dov'è però minacciandomi di morte se io dico a Ifano.

Io non dico a Ifano, poi dico e lui va a prenderla e vissero felici e contenti.

Lei è tornata in Germania per partorire perché gli ospedali italiani non si fida.

12.

Dove racconto sempre l'attesa e faccio conoscenza con le idee di una pittrice spagnola

Continuo a farvi la descrizione dell'attesa dell'infame. Di nuovo mi sveglio presto già bella incazzata ma meglio incazzata che depressa penso. Vado in cucina alzo gli occhi al soffitto il soffitto gocciola. Questa casa con l'acqua deve averci proprio una sfiga speciale. Quasi quasi provo a telefonare alla padrona di casa. Però poi penso che a questa potrebbe anche venirgli l'idea di chiedermi l'affitto e allora io preferisco tenermi il soffitto che gocciola.

Vado a fare la spesa e passo dal bar di Armando dicendomi, magari è capace che ci trovo qualche amico che mi tira un po' su e così mi distraggo e non penso all'infame che non torna. Incontro Daniel che cerca di sembrare allegro e si capisce lontano un miglio che è depressissimo.

Poi incontro Sandra che almeno lei è depressa al naturale e non fa finta di essere allegra. Bevo un bicchiere e scappo via e maledizioni alla città al mondo già che ci sono all'universo.

Tento di cucinarmi il nasello surgelato che ho comprato ma mi viene in mente che non so come si fa. Provo a fare così: che scaldo l'olio, poi ci butto dentro l'aglio che si carbonizza immediatamente e per la casa si diffonde un profumo da vomitare. Dopodiché ci butto dentro il nasello che sfrigola e scoppietta tutto. Rinuncio a mangiare tanto mi è passata la voglia. Allora a questo punto mi dico, mia cara qui ci stiamo deprimendo oltre ogni limite sì dobbiamo reagire sì che lo dobbiamo fare.

Esco e vado nel vicolo dietro il mio e fischio e chiamo, GIO-VA-AAAAA'...
Lei si affaccia e dice, Cazzo succede?!
Io dico, Ci vieni al mare con me?
Lei dice, Che mare?
Io dico, Sì, dài; se non ci vai d'estate quando ci vai al mare?
Lei dice, Mi infilo le ciabatte e vengo, però te lo dico, faccio schifo, sono grassa e non mi sono depilata.

Arriva e mentre andiamo verso la stazione Giovanna si guarda le gambe e dice, Devo dimagrire! Dio come sono grassa devo assolutamente dimagrire. Io vi dico che questa amica Giovanna peserà invece sì e no 50 chili se li pesa e che è alta un metro e settanta più o meno. Prendiamo il treno e vedo che intanto il tempo comincia a diventare nuvolo.
Quando arriviamo sulla spiaggia il cielo è completamente coperto. Ci spogliamo e Giovanna dice, Cazzo ci siamo spogliate a fare. Mentre che dice questo scoppia un temporale della madonna, corriamo verso un bar e io scivolo su uno scoglio. Una botta al culo che non mi posso più muovere. Ululo, Giova' mi sono paralizzata, madonna Giovanna adesso sono anche paralizzata. Dopo un po' però capisco che paralizzata non sono, solo un dolore da non dire al culo e alla schiena. Giovanna lei che continua a ridere e dice, Gesù se ci penso! Gesù tu sei proprio imbranata, gesù se lo sei.
Sempre così l'amica Giovanna, critiche critiche e prese in giro. Una parola di conforto mai. Arranco verso il bar sulla piazzetta di Camogli. Zoppico, ho il sedere tutto ammaccato e sono completamente bagnata marcia. Mi viene

in mente che l'I King aveva annunciato che se incontro la pioggia in questi giorni è segno di sublime buona fortuna per dirla come dice lui.

Ora quello che io penso con tutta sicerità lo dico è la seguente frase: sublime buona fortuna un cazzo.

Dico a Giovanna, Il porco di destino ce l'ha con me. Lo sento, ti dico che quando uno è sfigato lo sente.

Lei mi dà una manata nel suo stile sulle povere chiappe doloranti e dice, Non dire cagate. Non ci ho voglia delle tue cagate ora.

Bene.

Chiama forte il cameriere e ordina una spremuta di pompelmo che sia però senza zucchero senza ghiaccio e senza acqua. Mi spiega che sta seguendo una dieta di un suo amico omeopata nordafricano.

Dice, Tu che vuoi?

Per me un gin tonic.

Giovanna fa faccia di schifo e ordina anche per me. Poi mi tira un'altra manata sulla coscia e dice, Dài ora contami tutto che lo so che devi contarmi tutto.

Io ho paura di contare perché non vorrei riaverci il magone. Però poi conto lo stesso.

Faccio tutto il riassunto perché da quando è tornata dall'Africa non abbiamo più potuto contarcela tutta e così vado e ci metto tutto compreso Fabrizio del Dongo e Cime Tempestose. Questa Giovanna è contenta. Perché dice che va bene che questa ci ha l'aria di essere una storia d'amore proprio bellissima e che anche se lui è un infame ci ha l'aria di essere un uomo. Dice: Finalmente un uomo! Finalmente non perdi il tuo tempo dietro a una mozzarella!

Mi dà ancora una pacca sulle spalle e dice, Dài che lo sento che arrivano cose belle! Dài dài che lo sento!!

Giovanna ha spesso questo, che sente che arrivano cose belle.

Mentre torniamo verso la stazione lo vedo che mi sta squadrando i capelli e spero che non cominci ora con le sue critiche. Invece comincia.

Dice, Posso dirti una cosa? Tu a questi capelli devi proprio farci qualcosa! Bella madonna facci qualcosa per piacere!

Io allora me li tocco un po' questi miei capelli e dico timidamente all'amica criticona, Sì... devo andarci dal parruc... Lei lì che cammina diritta diritta e continua senza ascoltarmi, Perché vedi, un conto è lo stile trasandato, un altro è essere trasandati.

Io dico solo questo, Be', sì.

Lei insiste così: Col cavolo che avere uno stile trasandato vuol dire essere trasandati! Non ti pare, eh?!

Io solo questo: Come no.

Lei Giovanna ha sempre avuto questo pallino di farmi le critiche su tutto mai bene niente.

Io allora dico, A te non ti va bene niente di me, eh. In questo mi ricordi mia madre tu.

Mica è vero, solo che oggi mi viene da pensare così. Lei dice, Non è vero che non mi va bene niente di te. Solo che penso che tu sei una che non si cura invece dovresti curarti di più anche nel senso di valorizzarti.

Io qui sto zitta. Mi dice, Poi per esempio a volte ti trovo anche pregi che io non ho.

Quali per esempio? chiedo io allora avida di un po' di complimenti. Lei alza le spalle e dice, E dài, lo sai che non mi vengono mai le sviolinate... sono più portata per le critiche io. Per esempio, non ci riesco mica a dire, «La Mia Amica», no. Quando ti penso non penso alla mia amica...

Ah, bene, faccio io.

No, perché con te è come se fossimo sorelle.

Eccola qua Giovanna mia sorella. Poi ride e dice, Be' vuoi un complimento? Per esempio le tue tette, ecco.

Io dico, Proprio queste che ci ho sempre avuto il problema da quando mi sono spuntate, a undici anni io avrei fatto qualunque cosa per farle tornare indietro. Mi mettevo i reggipetti strettissimi per nasconderle...

E poi? Dice lei.

E poi ho capito che mica c'era niente da fare e l'unica cosa era di tenermele.

Lei dice, Be' io di questi problemi non ne ho mai avuti, nel senso che di tette non he ho mai avute, ecco.

Io dico, Io invece avrei dato l'anima al diavolo per essere piatta piatta, non sai come morivo d'invidia per quelle piatte.

Mentre saliamo da lei ha cominciato a raccontarmi del suo viaggio africano dai Dogon del Mali che se ne è praticamente innamorata matta, dice, Dài ti invito a cena così ti faccio una testa così...

A cena mangiamo seguendo sempre la dieta dell'omeopata nordafricano che è in pratica quello che sempre abbiamo mangiato causa la nostra vita di miseria porca cioè: riso con verdure varie fagiolini zucchini carote cipolle. Lei beve acqua del rubinetto e per me alcolizzata tira fuori dal frigo una bottiglia di bianco avanzato da chissà quanto tempo.

Dopo cena ci sediamo sul terrazzino e il freschetto che sta venendo su è piacevole sì.

Dice: Accendiamo la radio che a quest'ora ci sono sempre delle interviste a dei cagoni?

Cagoni come? Dico io.

Cagoni intendo artisti bianchi occidentali poveri di spirito.

E perché li senti allora?

Lei alza le spalle.

Il cagone artista bianco occidentale di questa sera è una

cagona di pittrice spagnola che non conosco. Questa pittrice spagnola dicono che dipinge grandi tori uccisi dai toreri.

Dichiara la pittrice: Mi identifico con i tori perché loro come me mettono molta vitalità e molta energia nelle cose, e poi vengono sempre fatti fuori. Continua la pittrice, Io tendo a crearmi l'incanto e poi però sbatto sempre la testa contro il disincanto.

L'intervistatrice chiede allora, Che cos'è signora che le procura il disincanto, eh? Cosa?

Io penso: sentiamo.

La pittrice proclama: L'amore mi procura il disincanto per esempio. Io dico: Anche te pittrice spagnola sfigata con l'amore come me. Giovanna dice, Sch, chiudi la ciabatta.

Ma dopo un po' la pittrice aggiunge che lei con la pittura è felice, perché lì rivive l'incanto, così dice. Anche con gli amici è felice, e pure con i suoi figli che sono in numero di tre. Io dico allora che non so dipingere, che figli non ne ho, e che oggi anche gli amici mi deprimono. Dunque sono più disincantata e sfigata di questa pittrice spagnola.

Giovanna muove la mano e dice, Taci.

L'ultima cosa che dice questa spagnola è che in fondo le donne però hanno molta vitalità, comunque vanno le cose le donne hanno questa famosa vitalità.

A questo punto sono cotta. Saluto l'amica Giovanna e me ne torno nella mia casetta dicendomi che come donna devo sentirmi un po' più vitale, se lo dice questa pittrice spagnola non è da escludere che abbia ragione.

Mi addormento secca.

Mi sveglio la mattina dopo alle undici perché finalmente il porco di telefono ha deciso di suonare.

13.

Capitolo col disincanto

Proprio lui, sissignori l'infame. Io però a sentire la sua voce bellissima futurista immediatamente dimentico tutte le tristezze e anche il veleno che ci ho in corpo e che faccio, pesco una voce calma tranquilla perché lui di nuovo mica che poi va a pensare che sono una di quelle donnicciole appiccicaticce noiose che fanno su le scenate, no.

Lui il futurista infame al solito molto cortese e gentile mi dice come sto? Sto di merda però mi viene fatto di rispondere subito, mica riesco a controllarmi più e così al telefono lunga scena proprio da donnicciola appiccicaticcia noiosa.

Lui l'infame mi fa sfogare, io un po' mi calmo e dico, Allora sei arrivato però, partiamo allora? Lui mi spiega che arrivato non è perché mi sta telefonando esattamente da Londra.

Io sempre più bufala per dirla come Giovanna direbbe. Lungo silenzio dunque dall'altra parte.

E che cristo ci fai ancora a Londra? La moglie sta sempre male, così dice, e lui di lasciarla non se la sente ancora, i 15 anni eccetera, inoltre ricordati che si tratta della mia gallerista.

Io allora cari miei minaccio, che quando mi metto a minacciare sono terribile, giuro. Gli minaccio così: Guarda caro infame di un futurista che io prendo e parto da sola, o magari guarda che parto con chi so io, ci ho avuto molti inviti, caro infame. Io, infame, mica che continuo a aspettarti.

Ora penso che con le mie minacce questo torna filato immediatamente. Invece l'infame dice, Fai bene, parti, va e non mi aspettare. Conclude dicendo che gli dispiace davvero ma sono contrattempi che capitano. E che però lui spera che mi diverto nelle mie vacanze e che poi ci rivediamo che intanto come si dice ci abbiamo tutta la vita davanti.

Vita una merda dico io, e butto giù molto amareggiata ma fiera per aver detto esattamente così: vita una merda. Dopo la telefonata futurista rimango seduta sulla solita mia poltrona scalcagnata e fisso il muro davanti per una decina di minuti. Mica che ho qualcosa da pensare, macché. Dopo questi dieci minuti mi riprendo e segno di ripresa inconfondibile che mi metto lì con impegno e bestemmio per altri dieci quindici minuti buoni. Dopo le bestemmie me ne sto zitta e mi sento per dirla esattamente così: sola sperduta abbandonatissima, l'essere più sfigato della terra al solito.

Però esco e mi metto a camminare, buon segno di ripresa e mia solita reazione contro l'eccesso di magone. Mi faccio tutta la circonvallazione a monte come una maratoneta autentica. Però quello che giuro fra me e me è la cosa seguente: qui la porca di una vita deve cambiare. Una bella svolta e alè. Poi: io quello smetto di aspettarlo, altro che abbiamo tutta la vita chi se ne frega, io devo ricominciare a godere e godere.

IO ME NE VADO ALL'ESTERO!

Altra cosa che penso è: sì all'estero, ma estero dove scusa? E i soldi maiali poi?

Prima di tutto mi viene in mente la pittrice spagnola e dico: gente vi saluto tutti oh sì che vi saluto io porto via, me ne vado proprio in Spagna! Per i soldi facciamo come sempre che chiedo prestito a qualcuno poi si vedrà. Allora vado alla stazione e chiedo quanto costa un biglietto per la Spagna. La Spagna è grande, fa l'impiegata. Io dico, Spagna abbastanza vicina perché non ho tanti soldi no. Questa dice, Barcellona sono 160.000 lire per esempio, va bene per te o non ce li hai questi soldi? Ce li ho sì brutta stronza.

Esco dalla stazione e mi attacco al telefono.
Pronto, dice Tasca.
Pronto amico mio, dico io.
Che c'è ancora, chiede lui.
Vuoi salvare la vita alla tua antica amica?
Spiegati non capisco.
Me lo fai un piccolo prestito che così me ne vado a fare un viaggio come le signorine per bene che facevano il viaggio per dimenticare i maiali infami bastardi che le avevano sedotte e poi abbandonate come delle stronze?
Lui dice, Dài vieni su che mi racconti.
Io vengo su ma tu il prestito me lo fai?
Ci ho giusto i soldi per riparare la moto.
Be' meglio una moto scassata che una cara amica morta, ti pare?
Lui dice, D'accordo.

14.

Ora c'è la storia dell'amicizia con Sergio Tasca

Allora eccomi qui che parto per Cossano diretta da Tasca. Vi devo dire che appena salto su un treno a me mi passa quasi tutto. Mi guardo le famose colline del Monferrato e mi accendo una sigaretta e me ne sto in pace senza pensare all'infame. Arrivo alla stazione di Nizza Monferrato e Tasca è lì sul binario con la sua maglia azzurra che ho rubato per lui nel negozio di lusso Bordi e mi abbraccia e dopo ci infiliamo questi caschetti per andare sulla moto scassata.

Sergio mi prepara da mangiare i ravioli, l'insalata di riso il pollo e quel tiramisù così buono che sa fare lui che bisognerebbe sposarselo questo Tasca per il suo tiramisù. Prima di tutto gli spiego del mio progetto di andarmene in vacanza a godere, mi faccio accordare prestito e così possiamo metterci a contarcela tranquillamente. Con Tasca è sempre così che ci raccontiamo per filo e per segno tutte le nostre avventure.

Bisogna ora dirvi la storia dell'amicizia con Sergio. Un po' di anni fa conosciuto al bar di Armando, io lì che subito a raccontargli qualche mia sciagura sentimentale del periodo, lui molto divertito, la sciagura ora me la ricordo era una storia di grande sesso con Loredana. Era successo così: prima questa Loredana sempre a cercarmi per trovare consolazione che il fidanzato l'ha mollata, così io propongo viaggio a Venezia da nostri amici per far dimenticare a lei delusione, lì a Venezia ce la spassiamo un autentico amore più che altro gran sesso. Quando torniamo il fidanzato che ha cambiato idea, non può vivere senza di lei si è accorto. Si rimettono insieme, lui il fidanzato mi viene a cercare dicendo che non mi mena solo perché donna. Molto geloso questo fidanzato di Loredana.

Allora un giorno di novembre io al bar che racconto al Tasca la vicenda. Tasca mi confida subito che anche lui gradisce storie di grandi porcate con i maschi.
E le femmine? Mi informo,
Femmine, maschi... dice lui.
Poi mi prega di non sbandierare in giro il fatto perché lui all'inverso di me ama la riservatezza. Dice che con me ha fatto uno strappo alla regola perché io subito simpatica a lui e quindi giù a contarcela.
Lui dice, Per un po' ho pensato, sarò omosessuale? sarò eterosessuale? qual è la mia realtà?
Poi ha capito che la sua realtà è quella di godere, con maschi e con femmine.
Ma dei maschi ti innamori tu? Chiedo.
Sì.
E delle femmine? Anche.
E tu? Io uguale, dico, ma le grandi passioni tragiche solo con i maschi. Ah.
E poi ride di nuovo.
Chiedo di che segno è avendo già un sospetto.
Bilancia! fa lui.
Subito grande amicizia come due fratelli. L'amicizia va avanti liscia per un po' finché succede questo fatto. Un giorno mi confida Tasca che è preso di grande passione per un nostro amico che però è Vergine di segno zodiacale quindi non molto accordo con Bìlancia, inoltre anche vergine di sesso e filosofo con grande passione matta per il pen-

satore Kant. Dice Tasca che l'ha capito questo filosofo, che a lui non gli interessa di godere né con maschi né con femmine solo Kant gli interessa. Però le femmine le guarda e quindi magari gli piacciono. Così Sergio propone sua strategia: che andiamo a cena tutti e tre e poi io devo fare la proposta di fare porcherie tutti e tre insieme.

Io dico: Tu Tasca sei scemo, io queste cose non le faccio io sono tradizionale.

Lui dice, Vabbe', però ormai lui l'ho invitato, ci vieni lo stesso a cena? Offro io. Sì che ci vengo.

Insomma come va la cosa. Questo filosofo quella sera irriconoscibile, ci mettiamo a raccontare robe simpatiche e si avvinazza anche lui in genere astemio, mi spiega le Osservazioni sul sentimento del bello e del sublime e i Prolegomeni a ogni futura metafisica poi smette di spiegare e finiamo ad amarci io e questo filosofo ora non più vergine matto di Kant. Tasca che va via incazzato nero.

Quando lo rivedo lui a dirmi che questo è un tradimento autentico alla nostra amicizia fraterna, che non mi vuole vedere mai più davanti io sporca traditrice. Io gli dico che lui non ci aveva possibilità, perché questo filosofo alti discorsi di moralità spinta. Ma niente. Per più di sei mesi a non rivolgerci la parola.

Una mattina lo ritrovo sempre allo stesso bar di Armando e lui mi offre da bere e ci ha un sorriso che da un'orecchia gli arriva all'altra, io chiedo che ha combinato e lui tutto felice mi spiega che non ce l'ha più con me perché il filosofo ex vergine smesso di fare alti discorsi di moralità e concesso di essere amato carnalmente da lui. Anzi si corregge Tasca, i discorsi di moralità spinta ancora li fa ma lo stesso ha concesso. Bene, io sono contenta e di nuovo amici fraterni.

Così oggi a raccontare dell'infame. Tasca assai divertito alle mie narrazioni, io come sempre meno.

Viene a trovarlo un tipo che ha conosciuto in piscina.

Muscolosissimo, tonificatissimo e molto abbronzato ricorda Big Gim il fidanzato dell'antipatica bambola Barbie. Parla con accento veneto e intanto spiega che il suo mestiere è di dirigere quei corsi per manager e arrampicatori vari di stile americano. Questi corsi a che servono? Chiedo io.

Questi corsi servono per Migliorare la Fiducia in Se Stessi, la Propositività, la Volitività anche.

Dice così: A noi mica che ci interessa la psicologia nel senso di curare le persone che stanno male, macché, per esempio se viene gente con problemi tipo alcolizzati, tossici, nevrotici in genere noi li mandiamo via. A noi signorina ci interessano solo le persone che stanno bene e che vogliono stare ancora meglio. Questo ci interessa. Chi ha voglia di carriera, successo, soldi...

Questo è completamente scemo, di quelli sprovvisti di inconscio, dice Tasca. Mi dà una stretta di mano che a momenti me la stacca, penso che deve essere una regola dei corsi, sempre per comunicare Propositività Benessere Volitività, a me invece comunica solo la voglia di spaccargli la faccia.

Sergio questo l'ha attaccato perché mi sa che ci aveva in testa una delle sue grandi idee di godere, però mi dice piano che ora gli sono completamente passate perché c'è un limite a tutto perfino alla sua grande voglia di godere che non si ferma mai ma in questo caso sì.

Io dico, Lo mettiamo il Don Giovanni?

Nel frattempo questo imbecille ha anche tirato fuori i depliant del suo corso.

Sergio gli offre del vino e lo vedo che cerca il sistema per toglierselo dai piedi al più presto. L'imbecille che continua a dire per ogni cosa così: Bello! Molto bello, sì!! Molto buono, sì! Molto molto bello, sì!

Io e Tasca ci scambiamo occhiate e ci viene da ridere.

L'imbecille mi chiede, Non trova buonissimo questo vino, signorina?

Io rispondo, Per me, qualunque cosa fornita di gradazione alcolica è buonissima.

Lui oscilla un po' la sua testa da imbecille e poi stringe le labbra leggermente imbarazzato.

Chiede ancora, Di cosa si occupa lei signorina?

Dico che io me la godo alla grande, che non faccio un cavolo tutto il giorno, che mi piace starmene in pace, per esempio a prendere il sole, bevendo in quantità.

Tasca mi interrompe dicendo che non è vero, che sono in realtà una famosa terrorista che mi nasconde lui ora a casa sua per un po' di tempo e glielo racconta solo perché sa che lui è molto intelligente e dunque si fida. Dice anche che mia madre è una famosa cacciatrice di criminali nazisti, famiglia di grandi tradizioni.

Giuro che quando ci mettiamo io e Tasca siamo completamente scemi. Penso che l'imbecille non può essere così imbecille da credere a tutto. Invece sì.

È un po' imbarazzato, abbassa gli occhi sul ripiano di vetro del tavolo e dice, Ah. Capisco.

Almeno ce ne liberiamo in fretta.

Quando va via noi continuiamo a fargli il verso. Mentre mangiamo ripetiamo sempre, Molto buono, sì! Molto molto bello, sì! Non lo trova buonissimo signorina?

Questo vino rosso che fa il babbo di Tasca è spesso come un budino e mi dà subito alla testa. Ci abbuffiamo di tiramisù e poi ci andiamo a stravaccare fuori sulle sdraio.

Mi metto lì e guardo questa campagna piemontese, poi penso anche a Pavese. Chiedo a Tasca se lui potrebbe suicidarsi. Lui dice di no, dato che il suo obiettivo è di godere e mai morire. Dice che anzi ora i progetti che ci ha sono questi: di mettere su ancora una decina di chili, fare molto sport e mettere le lenti a contatto.

Perché? Chiedo io.

Perché dice Tasca il suo desiderio è che quando uno lo conosce deve pensare per prima cosa come è bello, se per caso non sarà un famoso attore di film magari anche pornografici. Poi, solo dopo dovranno capire che è anche un grande genio.

Giuro che questo Tasca è proprio scemo. Chissà se è un fatto delle Bilance.

E tu? Mi chiede.

Io cosa?

Tu cosa vuoi che pensa la gente appena ti vede?

Io dico, Io voglio che pensa che ci ho questa grande concezione tragica della vita. E dell'amore dunque, forse per colpa di Venere in Scorpione.

Sergio è un altro che le mie riflessioni zodiacali non le sopporta.

Dice, Altro che Venere, so io cos'è, è che ti hanno beccata le suore da piccola, ecco cos'è.

Si alza di botto, sparisce in casa e torna sventolando Fratelli d'Italia di Arbasino, che è il suo scrittore prediletto perché anche lui è uno che gode. Comincia a leggermi l'inizio del quarto capitolo, dove questo scrittore Arbasino parla dell'educazione italiana e cattolica. Poi Tasca si mette a raccontarmi della sua adolescenza di candidato al suicidio. Dice che almeno fosse stato uno sfigato tipo il piccolo Leopardi, per dire, che dalla sua sfiga si è fatto una gran cultura almeno. Macché. Questo Tasca mio amico fraterno dice che non saprebbe spiegare come faceva a passare il tempo a parte essere sempre molto triste.

Ora poi è arrivato tutto questo sole e ce ne andiamo in casa, mi allungo sul divano sempre storditella per il rosso e tutto quel tiramisù, Tasca si avvicina e mi carezza e mi dà un bacio sul collo.

Io dico, Mica ci hai delle idee porche, ora tu, Tasca.

Certo che ci ho delle idee porche, fa lui.

Ah no, io no. Per me tu sei troppo giovane, lo sai... e poi guardati, nemmeno un filo di pancia!

15.

Vado ancora a salutare mio padre

Aspettate ancora prima di arrivare alla partenza perché l'ultima cosa che faccio è che vado a salutare mio padre, lui solo perché così da autentica figlia edipica mi viene. Mio padre ha sessantadue anni e le sue gambe ancora portano in giro alla svelta il suo leggerissimo peso. Quando lo vado a trovare è seduto su una sedia in cucina e fra la sedia e il suo sedere ci sono due cuscini perché gli è sempre piaciuta questa cosa di sedere sul morbido.

Mia madre e mio fratello sono al mare e questo lo sapevo e così sono contenta di trovarlo lì da solo perché va a finire poi che io col mio grande edipo e tutto quanto alla fine a questo padre non ci ho mai detto più di tre parole in croce da sola.

Lui subito parte con un consiglio che è anche una richiesta.

Dice: Vorrei proprio che ti sistemassi. Perché non ti sistemi in una maniera o nell'altra?

E perché no, è possibile, faccio io.

Lui allora osserva un po' in giro come se non avesse mai visto questa cucina, il fatto è che fa sempre così quando si attacca con certi argomenti. Dice: Non hai un lavoro, un vero lavoro, voglio dire...

Oh, pa', vedi...

E poi, dice, chissà se prima di morire io non riesco a vederlo un tuo figlio.

E chissà, pa', dico io allora.

Sì, perché alla fine uno...

Poi si ferma e sta zitto e si guarda le scarpe. Mai fatto grandi discorsi questo padre.

Allora io dico, Dài, pa'... sono venuta a salutarti, parto...

Lui ha capito ma fa finta di niente, dice così: Perché sai, la realtà bisogna guardarla in faccia, no?

Come no.

Poi continua, Tu hai sempre fatto quello che hai voluto.

Io penso, gesùmaria adesso arriva una scena, mi sa che arriva una scena.

Lo guardo e penso com'è possibile che questo ossuto sessantenne può essere la fonte di tanti miei guai amorosi, non è neanche il mio tipo così magro.

Lui dice, Be', per dirtene una, sai cosa ho sognato?

E come faccio a saperlo, pa'? Anche lui questo mio padre sempre avuto la mania di raccontare i suoi sogni.

Be', senti qua: proprio stanotte combinazione, qualcuno mi dice che devo partire, che ora me ne devo andare; mi dice, Uè, è ora, su, allora io mi metto a gridare e sono parecchio incazzato anche, sì, dico che prima devo salutare mia figlia, che questo non me lo possono impedire.

Io dico, Strano sogno, pa', e mi sono già rovinata la giornata.

Lui dice, Strano sì, stai attenta tu in giro per il mondo come una vagabonda.

E dài pa', che vagabonda,

Gli dico ancora: Lo sai che anch'io faccio dei sogni,

Be' tutti fanno dei sogni, dice lui sempre nello stile di non capire.

Io dico, Sì ma io sogno così, per esempio tante volte sogno che sono bambina e che ci sei anche tu, siamo sulla neve insieme, certe volte al mare. Tu mi insegni a nuotare, oppure a sciare, come facevi ogni tanto, quando non scappavi via e rimanevi invece.

Colpito al cuore. Qui le cose ora prendono una piega sentimentale che non sta né in cielo né in terra. Infatti lui questo mio padre stecco non dice più niente. Vedo che manda giù la saliva e lui lo so che è un Pesce sballato che poi sempre pronto alla commozione, meno duro di lei che invece terrestre Capricorno grande tempra.

Mi viene in mente che ci può essere una spiegazione astrologica che dice perché la nostra famiglia così sballata: che mio fratello un Ariete di fuoco e così ci sono presenti tutti e quattro gli elementi o forse sono tutte stronzate le cose che dico.

16.

Finalmente la famosa partenza

Il treno per le bellissime vacanze parte alle nove di sera. Ho prenotato anche una cuccetta per fare le cose da signori tanto paga Tasca.

Entro e la cuccetta è vuota. Dopo due minuti entra un tipo che dall'aspetto mi sembra un irlandese e si presenta e si chiama Pablo e viene dal Brasile. Dopo questo Pablo nella cuccetta non ci viene più nessuno, e lui tutto contento mi spiega che fa di mestiere l'avvocato e che abita esattamente a Bahia, terra di grandi godimenti e così altro che dormire in questa cuccetta, lì a contarcela tutta la notte e al mattino quando arriviamo a Port Bou alle sei e mezza non ho chiuso occhio porca puttana.

Questo avvocato piuttosto simpatico un po' marpione mi chiede e s'informa subito se tengo marito. Io gli dico di sì. Lui chiede come mai allora me ne vado in giro da sola come un'autentica solitaria. Io che non so mai stare zitta e affermo, Perché ho un infame di marito.

Poi penso che qui ho fatto una stronzata a confidargli questo particolare perché lui nel caso si sente in dovere poi di avanzare proposte di grande marpione. Tant'è ormai è fatta.

Chiede: Ho figli?
Sicuro, quattro figli.
Dove sono ora?

Sono in vacanza con mia madre in Polonia perché mia madre polacca.
Che faccio io di lavoro?
Io cantante, grande soprano di opere liriche.
Come mi chiamo?
Guglielma.
Bel nome, dice.
Insomma tutta la notte giù a contare balle con questo avvocato di Bahia, perché sempre mio grande divertimento idiota è di raccontare balle a sconosciuti, specie sui treni. Fatto sta che fra una balla e l'altra questo alle sei e mezza di mattina comincia con grandi dichiarazioni d'amore, che devo andare assolutamente con lui e che ora non ci possiamo più separare e che dobbiamo continuarle insieme queste vacanze io soprano di opere lui avvocato amante di Giuseppe Verdi.

Io dico che uomini che mi vogliono portare in vacanza non ci cado più, che tutte vacanze con uomini uno schifo, e che sono uno spirito libero che gli piace la solitudine alla grande.

Lui conclude dicendo come ultima dichiarazione che riunisco in me il calore italiano e la tempra polacca.

Spero di mollarlo cambiando treno invece macché, passiamo la frontiera e lui che doveva andare a Madrid mi si incolla e prende il treno per Barcellona con me. Io sono già bufala, e mi metterei a gridare per i nervi.

Allora che cosa escogito io sempre diabolica. Quando arriviamo a Barcellona prima mi faccio offrire la colazione, poi gli dico che vado a telefonare e se per favore mi aspetta lì nel bar che torno subito. Dopodiché m'infilo nella metropolitana e tanti saluti.

Quando esco mi ritrovo in questa plaça de Catalunya tutta piena di sole e sono così felice che mi metterei a saltare se non fosse che sto crollando per la stanchezza. Comunque mi dò subito una sguardata a questi maschi spagnoli e avvisto alcuni niente male.

Qui a Barcellona per sistemarmi ho le informazioni che mi ha dato l'amico Clivio. Questo amico Clivio aveva detto così: Se hai pochi soldi come il tuo solito, vattene all'Hotel Kabul. Mi sono fatta spiegare 25 volte come ci si arriva e infatti lo trovo subito.

Appena entro nella cosiddetta hall subito grande tristezza. Più sporco di casa mia, nebbia come a Milano per fumo di sigarette, poi varietà di giovani con calzoncini e zaini di ogni paese, coreani scozzesi americani tutti gran casino.

Io che mica ci ho lo zaino, no, il mio solito borsone con cui vado in giro dalle scuole medie, poi una gonna celeste lunga misto seta e una canottierina gialla molto eleganti perché fregate alla scultrice ricca divorziata a cui facevo baby sitter svuotando il frigo. Tutto molto stropicciato per la notte sul treno, d'accordo, però sempre roba di gran classe. Tant'è mi sento come il famoso pesce fuor d'acqua.

Chiedo se hanno camera singola comunque. Questo spagnolo molto sudato ride e dice di no, che sono tutti cameroni quelli rimasti. Ah andiamo bene, io che volevo fare le vacanze di solitudine e ritiro meditativo. Vabbe' io sto per svenire dal caldo e dalla stanchezza, becchiamoci il camerone dei soldati per stanotte poi vediamo, come diceva la coraggiosa Rossella O'Hara.

Sono pure tutti letti a castello. Sopra di me si è sistemato un ragazzo che sorride di continuo che si presenta subito e che è messicano. Anche questo lì che attacca a parlare e io che muoio dalla voglia di riposarmi, di fare una doccia, cambiarmi i lussuosi vestiti ora luridi e andare al gabinetto.

Io anche se ci ho questo spirito antiborghese proletario questi cameroni vi dico che li ho sempre odiati, perché quello che mi ricordano è questo: le colonie estive delle suore, poi i soldati e i militari e le caserme e la guerra.

Comunque dopo la doccia mi riposo un po' e poi esco subito sempre con la mia grande inquietudine che mi contraddistingue a ogni latitudine. Ho messo una minigonna e noto che la depilazione lascia molto a desiderare, ma tanto chi mi vede qui nella grande metropoli tentatrice straniera.

Poi comincio a fare quello che sempre faccio quando arrivo in una città sconosciuta, cioè che prendo e mi metto a girare come una forsennata con questa grande furia che devo vedere tutto subito, ambientarmi e sapere andare in giro per le strade come se fosse casa mia finché crollo e mi viene una grande nausea per la nuova città sconosciuta.
Così uguale anche qui a Barcellona, sotto 50 gradi minimo di temperatura e un'umidità che ti viene da piangere, lì a correre per le famose Ramblas, e una plaça di qua e un'avenida di là. Poi mi sparo nella Boqueria perché io per i mercati vado matta con tutto quel ben di dio lì esposto che puoi vedertelo anche gratis e questo fatto mi è sempre sembrato una bella fortuna. Lì a passeggiare fra frutta candita frutta secca frutta normale, salamoni mozzarellone affumicate pesci spada sogliolone aragostone, questa emozione provata una pari solo davanti alla Cappella Sistina Giudizio Universale.

Me la giro fino alle sei, poi arrivo nella carrer Montcada e vedo il museo Picasso e quasi quasi mi viene voglia di entrarci, ma poi mi accorgo di un grappolo umano formato da turisti che si fotografano l'un l'altro sotto un orribile disegno dove è raffigurato Il Genio, lui, Picasso, a tutto campo nel centro, e poi più piccoli ai lati Dalí e Miró, come se il mio prediletto Miró fosse l'ultimo degli stronzi.
Così ci ho già i nervi e penso questo esattamente: fanculo Picasso. Mi prendo una birretta e cammino ancora un po' e arrivo davanti alla galleria Maeght e lì c'è una mostra di Miró deserta, perché è chiaro che Miró allora è proprio l'ultimo degli stronzi. Mi sparo dentro e sempre questa inquietudine e vai e gira fra questi famosi colori dell'artista

Miró e alla fine mi gira quasi la capoccia. Mi siedo su una sedia lì e ci ho proprio la zucca vuota.

Poi cosa succede, che alzo d'un tratto la testa e mi trovo davanti un'altra roba di questo artista Miró e per la prima volta da che sono partita ripenso all'infame che in fondo anche lui dovrebbe essere un artista e allora grande rabbia, io dentro di me che penso per essere cattiva, tu infame di un futurista col cavolo che sei bravo come questo Miró bravo, tu infame e le tue ridicole tele futuriste, non farmi ridere, via, per piacere, infame d'un futurista. Poi leggo il titolo di questo lavoro che ci ho davanti e che si intitola così: Escalade vers la lune, e chissà com'è, qui c'è un momento proprio romantico perché penso che posso anche farci un paragone con questa scalata verso la luna, sì, perché mi ricordo dentro la pancia di quella prima notte da film con lui l'infame nella soffitta e Cime Tempestose e tutto quanto e penso che sì, era stata proprio una cosa del genere, come quasi di salire su verso questa famosa luna e via via lontani dalla porca di una terra con le miserie le sfighe solite.

17.

Dialoghi con Miguel

Quando esco sono molto in pace stranamente. Me ne vado ancora un po' in giro e come se dentro qualcosa è andato a posto. Per festeggiare questa pace mi siedo poi in un bar delle Ramblas e ordino salutare granita di limone che me la fanno pagare come un pranzo completo.

Si avvicina un tipo con un'aria da indio come gli indios sudamericani, un cappellino in testa, un gilè molto colorato e un cane che ve lo giuro non ho mai visto un cane più brutto di questo sulla terra, magrissimo, pulcioso, vecchio.

Questo indio dice in inglese, Sono Miguel, sei francese?

Io me ne sto zitta perché adesso con la faccenda che sto festeggiando la pace in terra proprio non è il caso di rovinarla così presto.

Lui si carezza questo schifoso di un cane e dice, Lui è Chico. E dice ancora, Spagnola?

Io giro la testa dall'altra parte e questo Miguel se ne va con lo schifoso di un Chico dietro.

Quando me ne torno in caserma il buonumore fa presto a sparire. Mi allungo sulla branda a castello e dormo secca fino alle dieci. Sogno che faccio un figlio con l'infame. Questo figlio che è un infame tale e quale al padre e tutti e due sono lì che ci danno dentro a riempire grandi tele futuriste e tutta la casa occupata da queste tele e io che rimango sepolta e scompaio sotto le tele rivoluzionarie.

Quando mi sveglio fame della madonna, mi faccio un'altra doccia perché essendo gratuite ne faccio in quantità e scendo giù ai tavolini in plaça Reial. E poi via a girare di nuovo perché ferma proprio non ce la faccio a starci, mi butto per i vicoli del barrio Chino e penso che devo essere diventata una specie di topo come uno di quei topi che ci sono anche nella mia città che non riesco mai per una volta a starmene lontana dai vicoli infami.

A un certo punto però sento un grido fortissimo e la prima cosa che penso è qualcuno qui è stato morsicato da un cane, perché io un grido così a parte le incazzature con l'infame solo quando mi ha morsicato quel bastardo di cane.

Ma cane non è. Mi giro intorno finché vedo due nordiche mi sa tedesche che stanno menando un nero che si vede ci aveva l'idea di scippare la borsa a una delle due. Queste gli stanno strappando la borsa e intanto giù a menarlo di santa ragione. Io sarà la testa sui neri che mi fa Giovanna, tengo per questo scippatore e in silenzio dentro di me dico, dài, dài tiragli un bel cazzottone e scappa, viva gli oppressi di tutto il mondo che poi si liberano.

Ma queste due sono tremende, io penso di allontanarmi nel caso si accorgono che tifo per lo scippatore, poi penso che strano, che strano che sono l'unica donna che va in giro da sola per questo famoso barrio Chino, che strano, anche con la minigonna da grande provocatrice potrebbe venirmi paura, sì che mi sta venendo paura. Penso ancora, comunque tranquilla che tu mica devi averci un aspetto come quelle da nordica ricca, tant'è io a questo punto vorrei uscire in fretta da questi infami vicoli bui e mica è facile adesso, mi è venuta la confusione, perché insieme alla paura sempre mi viene anche la confusione.

Senonché arriva una vocetta che non mi sembra sconosciuta e dice più o meno in spagnolo già tradotto, Non si gira per qui sola soletta. Chi è secondo voi? Di nuovo questo Miguel indio col pulcioso Chico. Io che devo dirvi, sono stronza, ma adesso mi fa piacere vedere uno che almeno non è uno sconosciuto totale ma la seconda volta che lo vedo, dico così: Toh, Miguel.

Poi penso, e se fosse anche lui un infame ladro assassino? Chi mi dice che non è un ladro assassino? Concludo però: ma cosa può rubarmi a me qualcuno?

Così cominciamo a camminare insieme. Lui ci riprova con il mistero delle mie origini, chiede: Allora, inglese?

Dico io: Miguel, ti sembra che ci ho l'aria di un'inglese? Lui: Aaaahhhhh!!!! Italiana!!!

Sembra che ora si è tolto un pensiero che lo torturava. Mi allunga una mano e vuole fare le presentazioni in regola. Piacere, dice, Piacere, gli faccio io, e dico che mi chiamo Ferdinanda.

Bel nome, fa lui. Ribadisce subito che mica si va in giro di notte a passeggiare per questi posti.

E dove si va allora a passeggiare, dico.

Lui dice che si va al porto, verso il porto.

Così ci incamminiamo. Passiamo sotto una catapecchia in un vicolo che puzza di piscio e lui me la indica come se fosse un'opera d'arte famosa e proclama: Questa è casa mia!

Devo dirvi subito che ha un'aria simpatica; tranne quando carezza questo schifoso di un Chico e pretende che lo carezzo anch'io per via del fatto che è un cane bisognoso d'affetto. Anch'io sono un animale bisognoso d'affetto, gli dico, però mi lavo, non ci ho le pulci.

Arriviamo al porto e ci sediamo sul molo e questo Miguel vuol sapere che faccio io come lavoro, gli dico che scolpisco grandi triangoli di marmo, che faccio questi lavori dove ci vuole molta forza bruta, così nel caso lui sa come regolarsi.

Poi anche lui a chiedermi se ho un uomo e giù a contargli che sono sposatissima. Poi ribadisce che comunque non gli dò l'aria di un'italiana, piuttosto di un'inglese solitaria.

Aaaaahhhhh!!! Adesso ti prego Miguel basta parlare di nazioni e paesi. Piuttosto, tu che fai?

Lui dice di essere musicista suonatore di violino. Poi la sua storia: nato davvero in Sud America, vicino a Lima, emigrato per studiare alla Sorbona perché il padre che è diplomatico vuole anche lui diplomatico. Smesso di studiare perché gli intellettuali lui non se li può sopportare. Da Parigi emigra a Londra dove apre negozio di parrucchiere per signora e fa molti soldi.

Conosce e sposa un'inglese alcolizzata (penso: mica gli ricordo questa io?) ci fa una figlia, ora di sette anni, molto carina, gran bel rapporto, si vedono una volta ogni due tre anni, poi divorzia, va a Milano con un amico siciliano conosciuto a Londra e apre una lussuosa boutique. Di nuovo fa molti soldi. Ma la sua passione era e rimane il violino, così mi spiega che anche se ci aveva tutti questi soldi lui era sempre malinconico, con un grande buco qui, fa toccandosi la pancia.

Io qui risparmio le mie associazioni sui soldi che danno vuoti alla pancia perché non sono proprio argomenti per le mie orecchie. Comunque, una mattina dopo che ha sognato una strada molto luminosa con un bambino nudo che ci camminava in mezzo prende e molla amico siciliano boutique Milano soldi e se ne viene a Barcellona perché qui dice che ci vivi con poco e riprende a studiare il violino che aveva abbandonato da tantissimo.

È tutto commosso, ci ha quasi le lacrime, poi armeggia con delle cartine e si spara un cannone grosso come un cornetto algida. Dopo un paio di tiri proclama che ora è felice! Che ha imparato a vivere alla giornata! Che per la musica lui potrebbe fare qualunque cosa! E che la musica è magica! E che nella vita bisogna seguire le vie che hanno un cuore!!! E che è un Sagittario!

E poi ecco che arriva la famosa domanda. Io che segno? Io Bilancia sfigata. Lui allora con gli occhi fuori dalle orbite: PERCHÉ?!?! Perché sfigata!!!! Io così simpatica così romantica! Io, che già mi ha capito benissimo lui, che sono così sensibile, e sognatrice sfrenata.

Dice così: Ti ho capita io, tu ami molto la solitudine, come tutte le persone sensibili.

Sì sì, come no, bravo Miguel.

Continua questo Miguel a spiegarmi come sono io, e che è sicuro che sto cercando qualcosa, io, nella mia vita.

Io anche lì a spararmi il cannone e mi lancio e dico: Miguel! Vorrei essere una donna diversa! Miguel, per esempio anche Giovanna dice che lo stile trasandato non vuol dire essere trasandati, e che devo aggiustarmi i capelli e anche tutto quanto... Miguel! Io ho conosciuto un futurista che mi ha portata sulla luna! Lo conosci Miró? E Gertrude Stein? Sai cosa penso, che forse è vero, anch'io non è da escludere che qualcosa la cerco. E poi fra il cannone e le confidenze attacco a ridere e chi mi ferma più.

Poi mi giro a guardare Miguel e mi aspetto che anche lui chissà che risate si sta facendo, invece questo già la seconda volta stasera che fa una faccia tutta di commozione, sta zitto e si carezza lo schifoso Chico e poi giù il secondo cannone cornetto algida. Io però a questo punto sono cotta come un biscotto per dirla come direbbe Giovanna e muoio dal sonno.

Dico che io me ne vado a dormire, lui che mi deve accompagnare, arriviamo in plaça Reial e mi propone ancora di bere, e io anche se dormo in piedi come posso rifiutare.

Lì al bar cominciano le conferenze sull'amore. Io sono stata innamorata tante volte? Rispondo che questi però mi sembrano fatti miei, ma lui mica si scoraggia, è giù la storia del suo grande amore alla Sorbona.

Questo Miguel cannoniere la teoria che ci ha è la seguente, che può essere grande amore solo nel caso che non scopi, perché se scopi finisce il sugo non c'è più gusto.

Io gli dico che è scemo, poi visto che ho finito anche la seconda birretta dico che me ne andrei proprio a dormire.

Ma questo dice, no, no, che ora gli devo spiegare perché scemo se pensa questo e apre la discussione che si vede considera molto importante con terzo cannone, altro giro altra corsa. Io affermo che le mie passioni invece mai platoniche, per il fatto della scalata verso la luna eccetera, che non sono proprio portata, si vede, che anche se sono romantica sognatrice sfrenata come dice lui proprio non sono tagliata per gli amori platonici.

Lui un po' deluso da me quindi, mi sa che già aveva pensato di mettere su con me un bell'amore platonico e via. Così per fortuna deluso mi lascia andare a dormire.

Quando arrivo in caserma tocco il letto e mi addormento vestita.

La mattina mi sveglia il messicano che sta sopra e è già bello lavato col suo sorriso perenne e la gommina schifosa nei capelli, zaino in spalla e mi saluta che se ne riparte per il Messico. Io guardo l'ora e vedo che sono le otto e penso che se ora dio esiste lui deve cadere giù per le scale.

Mi giro dall'altra parte e tento di riaddormentarmi ma un sacco di questi giovani cominciano a svegliarsi e rumori e docce e odori di deodoranti da vomitare, mi vengono dei nervi e mica riesco più a riaddormentarmi in questa merda di caserma. Giuro che da qui me ne vado.

Mi butto sotto la doccia gelata. Mentre richiudo la mia borsona sono di nuovo di buon umore perché sempre questo grande gesto di prendere e partire e tanti saluti a tutti mi mette allegria.

18.

A Cadaqués in ritiro spirituale alla grande e c'è anche un bellissimo sogno

Arrivo alla stazione e cerco di farmi venire in mente un posto dove andare, non lontano viste le solite ristrettezze porche. Penso a Miró. Penso a Picasso e all'altro del disegno, lo stronzo di Dalí, dico a voce alta, Deciso! Si va a Cadaqués! Un ferroviere spagnolo si gira a guardarmi, ma partiamo e chi se ne frega. Prendo un treno per Figueres e da lì un autobus per Cadaqués.

La corriera per Cadaqués miracolo la becco al primo colpo. Fa sempre un caldo della madonna ma anche un po' di vento, sulla corriera siamo in quattro o cinque e io mi cerco un posto e lì mi stravacco beata e di nuovo con la grande pace nelle interiora.

Io bisogna che vi dica che ci ho questo potere magico che appena arrivo in un posto sento subito che vibrazioni può avere, se questo posto va bene per me o no. Cadaqués va bene lo so e non venitemi a dire di no.
Due del pomeriggio. Sole da non dire, passato via ogni filo d'aria, cicale, due turisti e tutto chiuso. Mi trascino col mio borsone al centro del paese e vado a caccia dell'ufficio del turismo. Dopo esserci passata davanti quattro volte sen-

za vederlo lo trovo il maiale di ufficio e c'è scritto che questi se la prendono con comodo e aprono poi alle cinque e tu puoi anche schiattare che a loro non gliene frega. Decido di mantenere il mio famoso sangue freddo. Mi butto sulla sedia di un bar all'aperto e prendo birretta.

Chiedo al cameriere se conosce una pensione, dice no. Bene. Dopo aver riposato un po' riprendo il porco di sacco in spalla e decido di andarmele a prendere da me le mie pensioni bellissime per la mia strepitosa vacanza.

Ne trovo una, entro, niente camere.

Trovo una seconda, entro, una sega.

Trovo la terza e penso che se va male anche questa mi suicido qui in questo bellissimo paese Cadaqués. Però sento che mi gira la testa e mi ricordo che sono a stomaco vuoto da ieri sera, decido di entrare in un bar e affrontare la verità con lo stomaco pieno.

Sono lì che azzanno il mio panino e questo barista dice, Fame, eh?

Io penso: ora la mando a farsi fottere.

Ma lui dice, Appena arrivata?

E io non lo mando a farsi fottere allora, perché mi viene il lampo di genio di chiedergli se conosce una pensione.

Una volta ogni dieci anni i miei lampi di genio funzionano e là che ci ho l'indirizzo di un amico di questo barista che si chiama Raimundo e che ci ha la pensione chiamata omonima.

Però dice anche che non mi può assicurare che ci saranno posti, e che si chiama Pedro e che posso tornare lì se ci ho bisogno di qualcosa.

Per la strada dico a voce alta santo dio e beata vergine porca aiutatemi vi prego sennò muoio, lo sento che sennò muoio qui a Cadaqués aiutatemi.

Si vede che le mie preghiere funzionano sul serio e invece di Raimundo nella pensione c'è una Raimunda molto culattone e sorride gentile e dice che se mi manda Pedro un posto lo troviamo tranquilla. Trova una camera non singola per singoli come me solo doppia, fa lo stesso? Sì che fa lo stesso, meglio una camera doppia che morte assicurata.

Il posto una volta tanto è proprio carino, mi sparo subito una doccia e poi mi viene il dubbio e mi metto a contare i soldi che mi rimangono.

Ora il riassunto delle puntate a Cadaqués mica che ve lo faccio tutto. Fatto sta che sono stati dei giorni di autentico ritiro meditativo, grandi pensamenti e riflessioni, e poi camminare camminare come una stronza.

Vi descrivo uno schema delle giornate per farvi capire. Al mattino lì a svegliarmi prestissimo come una matta, giù al mare nuotate da autentica nuotatrice, poi mangiare nel baretto di Pedro che vedo sempre più chiaramente gran culattone anch'egli. Grandi riflessioni filosofiche con questo Pedro barista di Cadaqués. Poi al pomeriggio via a camminare su per le montagne e giù per la costa ore e ore. Un pomeriggio vado anche a Port Lligat per vedere la famosa casa di questo artista Dalí che faccio 14 chilometri andata e ritorno e poi arrivo alla villa e la famosa villa chiusa che ci ha solo due uova di pietra nel giardino e io penso così: fottiti Dalí.

Non ho voglia di attaccare bottone con nessuno, faccio il record di silenzio della mia vita. Poi a volte molti pensieri che mi sembra che ho capito tutto della vita e come vanno le cose, altre volte testa vuotissima alla grande, che invece mi dico non ho capito una sega ma sto bene lo stesso e questo è l'importante, chi se ne frega capire mi dico.

Volete sapere se penso ancora all'infame? E come, che, non ci penso? Mica devo venirvelo a dire io che puoi dimenticarti di tutto quello che vuoi ma che quando ci hai un amore nella capoccia quello ti si ficca e non si schioda nemmeno con le cannonate porca puttana.

La dimostrazione che io per questo infame di un futurista mi sono completamente bevuta il cervello è questa, che sempre scanso sguardi maschili e femminili, sempre taglio corto se qualcuno tenta approcci e scambi internazionali e questo non è da me, oh no, proprio non è da me.
Poi ci sono le discussioni filosofiche con il barista Pedro dove sempre discutiamo delle cose che ci vogliono per la testa di ognuno. Una sera sono lì a sbevazzare e lui dice questa teoria, che a un certo punto ti succede che capisci qualcosa di come funziona la tua testa, perché ci sono tanti tipi di testa, così dice lui.
Che vuol dire, chiedo io.
Vuol dire che ci sono tante cose che ti ritrovi nella testa e va a finire che invece queste cose non vanno bene per la tua testa, dice Pedro.
Così?
Così cominci a pensare se questa idea va bene per la tua testa, per come è fatta la tua testa voglio dire, la guardi un po', vedi che magari non c'entra niente con la tua testa e se hai coraggio la butti via. Dice ancora che poi a forza di tenere e buttare tu trovi le idee che vanno bene. Fai come se devi scegliere un paio di scarpe della misura dei tuoi piedi, solo che lì sono idee della misura della tua testa.
Però vi dico che quest'idea delle scarpe mi piace.
Mi dice ancora, Tu ce l'hai delle idee nella testa?
Come, che, non ce le ho!
Lui dice di provarle, e se sono della misura della mia testa di andare tranquilla.

Faccio anche un sogno che ci rimango secca, qui a Cadaqués. Sogno proprio l'artista Dalí in persona che mi apre la porta della sua casa che però mi ricorda anche la mia di casa e mi dice, entra entra e io vado. Quello che mi fa vedere questo Dalí è un suo quadro che lo sta ancora dipingendo e è quello anche molto famoso con tutti gli orologi molli come frittate che colano giù e io lo guardo e piango e piango come un vitello scemo. Ma non è finita qui, questo Dalí si mette a scrivere delle cose e io poi leggo e c'è scritto esatto così: Vieni con me nella casa dell'amore.

Boh.

19.

Racconto che ritorno a casa e poi vado dalla famiglia

Quando ritorno qui nella mia porca città fra un ritardo e l'altro sono le tre e mezza di notte. Io con lire seimila in tasca, un temporale della madonna. Ah ricomincia bene penso. Il borsone pesantissimo chissà perché mi sono portata dietro mezza casa per stare lì 15 giorni poi.

Prendo un tassì. Arrivo sotto casa all'inizio del vicolo e chiedo quant'è? Il tassista giovane piuttosto simpatico che già lungo il tragitto cerco di farmelo amico prevedendo il peggio.

Dice, Sono 7500, tariffa notturna. Tante grazie.

Io faccio, Al momento il mio portafogli conta lire 6000 e nulla più.

Lui dice, Posso aspettare, se vai a prenderle a casa.

Io sorrido molto intimidita, dico, fatto è che casa mia la puoi anche rigirare sottosopra che non ci trovi neanche cento lire. Racconto anche la storia di quando sono entrati i ladri che avevo dimenticato la porta aperta e non trovano niente da rubare solo la vecchia radio.

Il tassista dice, Neanche il televisore?

Io dico, Non possedevo neanche quello allora e adesso uguale.

Il tassista gentile dice, Va bene faccio conto allora che non è tariffa notturna, dammi seimila.

Che gentile sei tu.

Prima di arrivare al portone faccio in tempo a bagnarmi marcia e a inzuppare le espadrillas in tutte le pozzanghere del vicolo. Quando arrivo a casa mi viene subito la tristezza che si vede era rimasta apposta lì a aspettarmi.

Però mi dico, ferma lì ora tu dormi e domani vediamo, sempre un po' stile Rossella O'Hara.

Al mattino mi sveglio tardi e vedo il grande casino lasciato, anche lui rimasto lì a aspettarmi. Penso che sono di nuovo a secco coi soldi. A chi posso chiedere questa volta?

Suona il telefono. Io schizzo come il lampo.

Mia madre.

Idea.

Prendo il treno e faccio così in modo di capitare lì per l'ora di pranzo che intanto ecco che un altro problema è risolto.

Mi dicono così: Uh, come siamo contenti di vederti!

Io penso: qui c'è qualcosa sotto.

Da mangiare vi racconto cosa c'è: lasagne al forno di quelle comprate già pronte, poi i celebri sofficini findus surgelati anch'essi, per finire profiterols surgelati sempre findus.

Mia madre dice a mio padre, La frutta l'hai comprata?

Mio padre dice, Doveva andarci lui, indicando il mio legittimo fratello.

Mio fratello dice così: Vaffanculo sempre io.

Mia madre invece dice così: Sempre parolacce in questa casa.

Io dico: Buongiorno! Buongiorno a tutti, è bello tornare a casa e vedere che non è cambiato niente.

Mia madre dice, Sai oggi non ho avuto il tempo di cucinare.

Mio fratello dice, Ma', io non ti ho mai visto cucinare.

Mio padre dice, Tu stai zitto che non fai un cazzo tutto il giorno.

Mio fratello dice, E perché non glielo dici anche a lei? Lei sì che se la spassa e non fa un cazzo tutto il giorno, io ancora qui a menarmelo.

Mia madre comincia a urlare e urla così: E VATTENE ANCHE TU-UUUUU, poi più basso di colpo a dimostrazione del grande dolore e sofferenze che sempre gli animali di figli procurano: Tanto, i figli, si sa...

Mio padre mi dice, Tu non hai ancora un vero lavoro...

Io dico, A giorni dovrei iniziare, un buon lavoro, una ditta di import export, sì... anzi per questo... – e sto per allacciare diabolicamente il discorso alla richiesta di prestito che avevo nella mente – ma il padre interrompe e dice, E pensare che da bambina sembravi quasi normale.

La madre aggiunge, No, tanto normale no, Renato, però si ricordava tutte le capitali del mondo.

Il fratello conferma: Io no, io lo sapevo che questa non concludeva niente.

Allora io dico così: Cari genitori vi ho sempre amato. Perché intanto ho citato l'altro genio incompreso sfigato quasi come me il celebre scrittore che non godeva mai, Franz Kafka.

Mio padre dice, Hai bisogno ancora di soldi?

Mia madre dice, Lo sai che abbiamo fatto tutto quello che potevamo per te.

Mio fratello dice, Tu ti fai viva solo quando hai bisogno di soldi.

Io proclamo così: Cari genitori, mia famiglia, presto mi sposerò, sono innamorata molto, anche lui mi ama, è bello ricco giovane intelligente, stravede per me.

Mia madre commenta così: Stai attenta che il mondo è pieno di imbroglioni.

Mio fratello dice, Quanti anni ha, novanta, novantuno? E ride col sofficino che gli va di traverso e tossisce con le lacrime agli occhi per le risate.

Mio padre così accoglie la notizia, Chissà che altra bella testa di cazzo è questo.

Mia madre allora dice, E su, Renato, non essere sempre così pessimista.

Poi si gira verso di me e dice, Sul serio è giovane questo?

Io dico, Sì sì.

Mio fratello dice, L'ultima volta quello giovane era il pelato di 44 anni.

20.

Storia dell'Archeologo Depresso

Torno a casa dopo aver ottenuto un po' di liquido dai miei e il pomeriggio me ne vado a fare la spesa.

Sono lì che giro per i vicoli e chi spunta? L'Archeologo Depresso. Due anni buoni che non lo becco.

Adesso state pronti che vi racconto di un altro infame. Bisogna dire di questo infame che poverino lui non ci ha colpa di essere così infame mentre gli altri non vanno perdonati mi raccomando. Questo infame ve ne accorgerete è così depresso che uno quasi gli prende compassione. Però le riflessioni che ho fatto anche con Giovanna sono che se uno ci ha tutte queste depressioni che impari a smaltirsele per fatti suoi senza rompere le palle agli altri.

Dunque questo qui è Gigi detto da me e poi dai miei amici l'Archeologo Depresso. Me lo presenta il mio amico Mario Cavettini di cui la storia non ve la faccio perché non c'è niente da dire di questo Mario Cavettini, no anzi ora che ci penso ci potrebbe essere ma tanto è molto breve.

Dunque l'amico Mario Cavettini è uno innamorato di una Donna di Pietra da anni otto. In questi otto anni lui mai avuto storie né niente. Sfortuna vuole che io per un periodo abbastanza amica di questa Donna di Pietra. Quando lo viene a sapere Mario è la fine. Sempre lui a telefonarmi e cercarmi e piombarmi in casa per sapere notizie di questa Donna di Pietra che comunque lo informo di pietra è solo con lui, in quanto gradisce scopacchiare piuttosto a destra e sinistra per esempio anche con l'amico Ivano che però lui al solito grandi fughe da libertino insofferente di donne innamorate.

Sempre questo Mario chiede così: Ti ha parlato di me?

E anche: Ti ha detto mica qualcosa di me? Chiede di me?

E io: No! Prima calma.

Poi: NO-O!! Perdendo la calma.

Infine: Fottiti Mario tu e la Donna di Pietra.

Allora un giorno che sono lì a insultare Mario Cavettini in lacrime per la Donna in via Garibaldi (via centrale per chi non conosce la città), ci appare un angelo. Bello lungo atletico autentico, spalle così, occhioni azzurri e lunghi capelli biondo scuro legati in un codino. Io penso, questa è un'apparizione, questo è un angelo caduto giù dal cielo, sì perché in questa merda di città non l'avrei io già notato da tempo un angelo così?

Sapere chi è!

Ma come ora vi dimostro i miracoli esistono perché questo angelo si avvicina! Sissignori! Viene proprio verso me e questo impiastro di Mario Cavettini. Pacca sulla spalla, Uè chi si vede! Uè che cazzo ci fai qui! Uè da una vita, uè dove eri sparito eccetera. Insomma questo angelo vecchio compagno di liceo di Mario, ora studente di archeologia che lavora con ditte di scavi archeologici spostandosi in su e in giù per la penisola. Presentazioni. L'angelo in ferie per 15 giorni. Propongo di andarcene la sera a festeggiare le ferie tutti e tre insieme. Affare fatto.

Cena dall'amico Mario a cui spiego preventivamente che quando andrò via mi faccio accompagnare a casa dall'angelo e che gli stacco le orecchie se non si ricorda di dire che lui è stanco e che sia l'angelo a riaccompagnarmi a casa. Io diabolica come sempre, piano perfettamente riuscito.

L'angelo che mi riaccompagna a casa e io propongo di

andare al mare insieme il giorno dopo essendo anche sabato.

Lui dice, Sì, chiamo anche Mario.

Va bene, va bene, sì andiamo anche con Mario. A casa telefono all'amico Mario dicendo che gli stacco le unghie se lui accetta l'invito.

Insomma giornata balneare con gli angeli che esistono ve lo assicuro esistono. Io che non smetto mai di mangiarmelo con gli occhi, mica capisco quello che dice macché solo lì a mangiarmelo con gli occhi con un desiderio pazzo che mi fa sragionare.

Alla sera lui che di nuovo mi riaccompagna a casa e poi vuole andarsene, dico, non scherziamo! angelo mio. Gli dico allora se gli piace l'opera e lui dice che non se ne capisce niente ma così a orecchio sì che gli piace. Pavarotti ti piace per esempio? Pavarotti a essere sinceri, anche se non me ne capisco, no non mi piace. Fa niente, fa niente angelo mio, chi cazzo ti piace allora? Be' Caruso mi piace. Bella scoperta, faccio io, e poi? Boh. Come boh, Rockwell Blake forse che lo gradisci? guarda che se non gradisci Rockwell Blake mi dispiace sarai anche un angelo ma non capisci una sega lo stesso. Sì sì fammi sentire questo Rock Blake allora.

Vieni che lo sentiamo di là comodi perché la musica è in camera da letto vieni che ci riposiamo anche che siamo stanchi. E giù lì ad amarci in questa sera estiva con Rockwell Blake che urla e ci dà dentro e noi che ci diamo più dentro di lui e di Pavarotti messi insieme.

Insomma, grande amante questo angelo disceso dal cielo. Cosa c'è allora che non va direte voi. Questo non va. Che dopo che ci siamo amati io comincio a ragionare di nuovo, perché non c'è più questo pazzo desiderio che mi fa sragionare e allora dico, Su, contiamocela un po'.

Lui l'angelo che comincia a dire, Mah... boh... be'... cosa ti dovrei dire? Non so... non ci ho niente io da dire, a che serve dire?

Come a che serve?! faccio io.

Tanto è la stessa cosa... fa lui.

Si fa triste triste come una schiera di angeli tristi e non dice più niente, dice solo che ora lui si riaddormenta perché quando non lavora non vuole pensare a niente lui, solo dormire e dormire e non pensare.

Ah andiamo bene. E perché non vuoi pensare? Perché a che serve pensare. Come a che serve pensare?!

Sì tanto è lo stesso, tutta la stessa merda. Io dormo ciao buonanotte.

Come buonanotte che è mezzogiorno e tu ronfi da ieri sera!

Non fa niente lo so, se non dormo penso, se penso mi deprimo, se mi deprimo voglio uccidermi.

E allora perché non ti uccidi direttamente?

Per la mia balia, solo per lei, non mi frega un cazzo di nessun altro sulla terra.

La tua famiglia?

Bastardi maledetti non mi frega un cazzo di loro.

I tuoi amici?

Non ho amici io.

E Mario?

Che cazzo mi frega di un vecchio compagno di scuola che non ho visto per cinque anni.

Qualche ragazza? Un amore?

Non mi sono mai innamorato.

Evito di proporre il mio nome perché sennò va a finire che questo lo faccio fuori io prima che lo fa lui da solo.

Insomma cari miei, questo mica scherza. Si riaddormenta e dorme secco tutto il giorno. Io che mica lo sopporto di averci lì uno che ronfa nel mio letto tutto il giorno, poi devo uscire, devo fare i fatti miei, esco, torno a casa, riesco, ritorno, e questo sempre lì a dormire schiattato.

Io penso così: giuro che quando si sveglia lo mando a fare in culo. Giuro su dio, mi sentirà questo. Poi si sveglia e però io un po' presa da spirito crocerossino. Cerco di farlo parlare, contarmi un po' cosa ci ha nella testa marcia, anche perché penso, tutta questa grazia di dio mica può andare sprecata così. Per un po' di giorni continuiamo a vederci. Lui sempre molto taciturno.

Un giorno siamo in trattoria (punto a suo favore il fatto che non fregandogli niente di niente quindi neanche dei soldi spende tranquillo senza pensare), e io dico: Perché non mi racconti qualcosa ancora?

Lui che alza le spalle e dice: A che serve tanto?

Io: Perché non provi la famosa apertura e mi fai anche un po' la tua storia familiare?

Lui: La mia storia io voglio solo dimenticarmela.

Io: Ma ci sarà qualcosa che ti piace nella tua vita?

Lui: Dormire mi piace.

E poi?

Poi un cazzo.

Ma io per esempio non ti piaccio?

Lui fa: Questo non vuol dire.

Come scusa non vuol dire?

Io non sento niente.

Niente niente?

Niente. Mai sentito niente.

Che segno sei?

Pesci.

Ascendente?

Non lo so. E poi che cazzo mi frega dell'astrologia.

Scusa, scusa, ma per esempio, l'archeologia? se studi archeologia e te ne vai in giro a scavare come un autentico archeologo stile Indiana Jones, ti fregherà qualcosa dell'archeologia.

Risposta: Un cazzo.

E allora spiegami caro perché archeologia e non farmacia per esempio.

Lui: Perché a scavare ti stanchi e non pensi a niente, e quando hai finito di scavare ti addormenti e quando ti svegli devi di nuovo scavare.

Ma sei sempre stato così o magari è uno di quei periodi, perché sai capita a chiun...

Lui l'archeologo mi interrompe dicendo così che ora gli

sto proprio rompendo le palle io e le mie domande da grande detective che se sono una felice che ci ha l'entusiasmo per l'esistenza cazzi miei, che non devo rompere le palle a lui.

Io allora rispondo così: Impiccati ma te lo consiglio con tutto il cuore, perché se a me viene l'idea di suicidarmi lo faccio e basta (non è vero ma ci stava bene) e che quelli come lui li conosco bene io, che parlano parlano e poi fanno suicidare gli altri dalla noia.

Dopodiché cari miei lì a fare questo gesto cinematografico esagerato che prendo il bicchiere del vino e glielo rovescio sulla testa, e poi ancora già che ci sono prendo il piatto con le melanzane alla parmigiana e glielo butto sui pantaloni. Me ne vado e ci ho una rabbia che mangerei non so cosa. Ma mi dico di non sprecare la mia rabbia per quel verme.

Poi cosa succede, che questo archeologo depresso si vede ha gradito il gesto cinematografico di rovesciargli tutto addosso e un po' si sveglia dal torpore e comincia a telefonarmi e che mi vuole rivedere e che ha pensato delle cose e che è anche disposto a raccontarmi la sua storia familiare. Fa perfino finta di sorridere.

Io come una polla ci ricasco, lui che comincia a fare, sapete come quelli che ti prendono e si aggrappano e ti devono succhiare l'anima perché si vede che la loro se la sono persa in mezzo a tutta quella tristezza molto comoda e alè.

Deve anche avermi presa per la sua analista. Perché non vi ho detto che in un impeto di vitalità lui ha anche pensato di andare a farsi curare da un'analista che dopo due sedute l'ha cacciato dicendo così: che alcune persone non solo non gli serve niente la psicoanalisi, ma che fa molto male anche agli analisti di averci a che fare con tipi del genere.

Così, fallita con questa analista, lui l'archeologo che prima non parlava mai ora ogni volta che ci vediamo si mette a contarmi la sua vita, da quando tristemente è venuto al mondo, e poi che nessuno gli vuole bene e che nessuno lo capisce due palle così cari miei.

Dunque gioca che io ero la sua analista anche se non mi chiede se sono d'accordo, e giù a contarmi sempre tutto e poi alé anche la famosa aggressività e una sera di odio e amore mi abbraccia e poi dopo che mi ha abbracciato mi stringe le mani intorno al collo e dopo giù a piangere che bellezza e a dirmi che mi ama da non dire.

Io però dico. Dico: Alt! Fermo lì caro il mio angelo archeologo qui già ce ne vuole che io tiro avanti in mezzo alle mie di sfighe. Aggiungo poi che però le mie sfighe almeno fanno divertire gli amici infami che le ascoltano, lui non è neanche divertente, e allora bai bai auffidersen lui, la depressione e gli scavi archeologici e gli stronzi di angeli.

Insomma vero anche il detto popolare che recita che le disgrazie non vengono mai da sole. Io oltre alla tristezza di aspettare quel bastardo di futurista che non arriva mi devo anche rincontrare questo premio nobel della depressione. Tant'è. Lui sempre belloccio, si è tagliato i capelli e si è fatto crescere la barba. Ha anche messo su un po' di trippa che sapete bene oramai io gradisco. Sorride perfino!

La prima cosa che dice è: Indovina a chi stavo pensando?

Io dico, Indovina?

Lui fa: Camminavo per i vicoli e pensavo a te.

Quando mai.

Insomma questo archeologo depresso pare un po' uscito dalla sua grande depressione. Ha preso su un'aria meno depressa e dice che tira avanti abbastanza bene. Dice anche che mi vuole invitare a cena. Per una cena io sono disposta anche a sorbirmi un'ora di depressione.

Questo Gigi che gli si è sciolta la lingua, cominciamo a contarcela e mentre che lo sto a sentire devo confidarvi che me lo sto sguardando come si deve.

Faccio anche dei pensieri verso l'infame futurista e mi dico, ragazza mia, tu e la tua testa balorda, non avevi detto che volevi ricominciare a godere e godere? Non avevi detto che tu quell'infame avevi smesso di aspettarlo?!

Finiamo di mangiare e lui paga e usciamo nella sera estiva profumata di mare e ogni tanto anche di bidoni della spazzatura lasciati lì negli angoli dei vicoli come attrazione turistica.

Questo archeologo cosa fa. Fischietta un po' e poi come se niente fosse chiotto chiotto mi passa un braccio intorno alla vita e comincia a lisciarmi. Io anche se un pensiero verso quell'infame che è a Londra ce lo butto sempre vi dico che qui comincio a sentire i fumi della lussuria che salgono su dalla pancia, la testa bella vuota per le bottiglie di vermentino, e così quando questo archeologo si ferma e comincia a palparmi alla grande io mi arrendo come si arrende la Clelia con Fabrizio del Dongo.

Stiamo lì a limonare come due matti e dopo le limonate questo mi prende per mano dicendo, Adesso andiamo su da me, che te ne pare? Ti sembra una buona idea?

Io dico, Caro archeologo, questa mi sembra l'idea del secolo!

Questo Gigi appena arriviamo da lui mi fa, Chiudi gli occhi. Io li chiudo e poi li apro e davanti a me c'è il faccione del mio idolo erotico Pavarotti tutto vestito da Duca di Mantova lì sul disco di Rigoletto.

Mi viene da ridere, non so perché ci ho una specie di riso nervoso e non riesco a fermarmi.

Lui l'archeologo mette su il disco e poi comincia a mettere giù il divano letto. Abbassa le luci che così c'è quest'atmosfera subito porca, si toglie la maglia e mi toglie la gonna. Sempre lì a palparmi e limonarmi e poi dice che tanto mi ha pensata e che tanto mi ha desiderata.

Chiede, E tu no? Anche tu un po'?

Io dico, Come no.

Ci buttiamo lì sul divano letto e però io continuo a ridere come una scema. Lui si ferma e mi guarda e dice, C'è qualcosa che non va?

Io dico, No no... e intanto l'idolo Pavarotti che canta: *Questa o quellaaa-aaaa per me pari so-oonnnooooo...*

Dopo l'attacco di riso mi viene un attacco di nausea. Dico, Gigi scusami tanto credo che mi sta venendo da vomitare.

Lui fa una faccia tristissima, dice, T-ti faccio quest'effetto?

Io dico, Oh no... niente di personal.... non faccio in tempo a finire la frase che schizzo al gabinetto dove come si dice vomito anche il buco del culo.

Quando torno da lui lo vedo ammosciato e di nuovo con quell'espressione da archeologo depresso dei tempi d'oro.

Io mi rivesto e dico, Ci ho bisogno di aria fresca, vado a fare due passi.

Lui fa: Ti accompagno.

Io dico, No no per carità... ho bisogno di stare un po' da sola.

Ma come mai hai vomitato? Dice lui.

Non lo so, è da un po' che ogni tanto ci ho la nausea.

Lui dice, Ti posso richiamare domani?

Io dico, Be'... s-sì,

Per i vicoli notturni penso che sono proprio deficiente, andare a vomitare una cena come quella...

21.

Un altro incontro d'amore per Giovanna
e anche stelle cadenti

Allora, io che sono tornata e Giovanna che riparte per Roccella Ionica dove il suo amore Davis è di nuovo in turné come tre anni fa. Prima di partire si è fatta i fanghi alle cosce contro la cellulite, si è dato l'hennè ai capelli e si è depilata da cima a fondo come un pollo. Ha anche fatto tre giorni di digiuno e uno di meditazione zazen, dodici ore seduta di fronte al muro della sua camera. Come buon augurio siamo andate a fregare uno zainetto africano in un negozio di Campetto.

Poi consultato l'I King per vedere se andava tutto bene. Questo I King prima è uscito un esagramma di sfiga grandiosa, il numero 48 che è il Pozzo, sciagure, però poi dato che era mutevole si trasforma nell'esagramma 46 quello che dice: Ascesa! Promozione! Giovanna tutta preoccupata a dire così: Che cazzo vorrà dire? Che cazzo deve succedere? Forse che deraglia il treno e lui mi viene a trovare in ospedale e prima che muoio mi dice che divorzia dalla moglie e mi sposa lì in punto di morte? Secondo te? O che mi manda a fare in culo e poi io mi innamoro dell'altro jazzista quello che non è sposato tanto è sempre nero anche lui? Madonna! Io mi butto giù dalla rupe di Roccella se quello non mi vuole più. Io dico che figurati se non ti vuole più dopo che l'ultima volta vi siete amati così romantici che te l'ha dato tutta la notte per una settimana di fila, dove si è mai visto che uno che non vuole più eccetera.

Poi Giovanna dice che ha visto un vestito stile africano da Coin e ci fa le bave e dice che se si mette quello è sicura che al Davis gli si rizza anche il sassofono. Così pensiamo di fare spedizione da Coin per ennesimo esproprio rivoluzionario antiapartheid pure. Già che ci siamo decidiamo di espropriare anche mutande reggipetti e poi guêpières e giarrettiere che non usiamo ma già che ci siamo, perché anche la biancheria intima ci ha la sua importanza come m'insegna l'amica Giovanna.

Insomma questa parte e dopo tre giorni già di ritorno. Mi chiama dal vicolo e dice di scendere subito che mi deve contare tutto. Scendo di volata e lei fa, Dài andiamo a bere che ti conto.

Comincia così: Sai quello che aveva detto l'I King? Te lo ricordi il Pozzo?!

Eh, dico io.

Bella madonna! Altro che pozzo!!! Quello era venuto giù con la moglie, il figlio, l'altro figlio del primo matrimonio della moglie e i due suoceri vietnamiti!!!

NO!

Cazzo no, sì!

E allora come avete fatto? Niente?

E sì, niente, per fortuna è scappato e è venuto da me nel mio albergo alle due di notte. Io pensavo che non faceva più a tempo, mi aveva detto che veniva verso le sei. Bella vergine Maria! Ho passato le ore peggiori della mia vita.

Poi?

Poi però è filato tutto liscio.

Dài contami bene, dico io avida raccoglitrice di storie d'amore alla grande.

Insomma lei dice che il bello di Davis, e da questo si capisce che è lui l'uomo della sua vita, è che sempre fa così, che prima si mettono lì e fanno tutte le maialate della terra e ci danno dentro in questa unione cosmica di bianco e nero, terra e cielo, tuoni fulmini e dopo parlano e se la contano.

Giovanna lì che gli dice che ci ha in mente un progetto artistico da spaccare la storia dell'arte occidentale e africana insieme; il Davis chiede che progetto e Giovanna giù a contargli la performance che ci ha nella zucca che sa già anche il titolo che suona così: Performance per Terra e Sassofono.

Poi la storia di questo figlio che nascerà dal loro amore che per ora una cosa sola è certa dice lei, che non sarà biondo.

Chiedo, E la storia dell'anima? Te l'ha ancora detta la faccenda dell'anima?

Lei dice, No, non ci avevamo tanto tempo stavolta.

Insomma le cose sono andate piuttosto bene, solo durate troppo poco bella madonna. Dice così: Trenta ore di treno! Trenta ore di treno per prenderne un po'. E poi giù a ridere.

Io faccio, Con tutti i cosini che vanno in giro qui!!

Però ridiamo perché mi sa che noi in questo momento dei cosini che vanno in giro qui ce ne freghiamo proprio.

Poi mi osserva un po' e dice, Ai capelli però tu non ci hai mica fatto niente, eh! Dio santo! Ma guarda che aria disordinata ti danno!

Dopo fa, ce ne andiamo al cinema? Ci ho ancora dei soldi che mi hanno dato i miei, pensavo di restarci più tempo giù a Roccella.

Cosa andiamo a vedere?

Lei dice che c'è un film con Robert De Niro al cinema all'aperto.

Io dico, De Niro sì mi piace, a te piace De Niro?

Lei dice, Un po' troppo chiaro per i miei gusti, comunque sì, non è male, come bianco è ancora decente.

Io dico, Sì, per i miei gusti invece un po' troppo magro e ancora giovane comunque non male.

Andiamo a vedere questo film e la storia è così fatta che questo De Niro bello in carne e tutto quanto solo che ci ha questo problema che è analfabeta, così fugge e scappa da Jane Fonda che invece ci ha delle idee di tacchinarselo. Poi però non fugge più e lei da brava se lo mette lì e ci insegna a leggere e scrivere e poi mettono su casa e fanno anche i soldi.

Cosa non si fa per prenderne un po', commentiamo con Giovanna. Quando usciamo ci viene voglia di passeggiate notturne come da nostra tradizione. Prima ci facciamo tutta via Gramsci con fauna solita di puttane papponi travestiti tossiconi spacciatori pirati saraceni. Poi ce ne andiamo su a Castelletto punto panoramico che fra un po' ci esce dalle orecchie perché anni e anni a passeggiare quassù insieme e da sole pioggia e afa, sfighe e allegrie, più sfighe mi sa perché passeggiare con le sfighe viene più facile, ci hai la camminata sciolta.

Dico, Stanotte lo sai che è il dieci di agosto, Giova', san Lorenzo, la festa delle stelle cadenti!

Tu li esprimi i desideri? Dice lei.

Come no, dico io.

Si avverano?

Boh, qualcuno sì, mi pare di sì. Però mi sa che non li esprimo come si deve, perché vedi, l'anno del primo infame, il ginecologo, il desiderio era che lui l'infame si mollava con l'insipida.

E allora? Chiede Giovanna.

Allora mollare si sono mollati, ma lui se ne è presa un'altra di insipida.

E sì, brava furba, hai espresso male il desiderio. Dovevi chiedere che ti amava, non che mollava l'altra, perché poi una volta fatto questo desiderio per forza che l'altra sciacqua la molla.

Sì sì, lo vedi che non so nemmeno esprimere i desideri, lo vedi...

Dài adesso mollala lì, dice l'amica Giovanna e mi tira pacca della madonna sul sedere con questa sua forza negra che ha, dice, Dài, guardiamoci il cielo e vediamo di beccare qualche stronza di stella cadente, che io ci ho tre desideri belli pronti da chiedere. Mi dice, Mi raccomando, pensateli bene, i tuoi desideri.

22.

Rivedo Lella
dottore specialista di gastroenterologia

Questa faccenda della nausea ancora ce l'ho però. Fatto sta che se mi devo pagare un medico ecco che ho già belli e che scoppiati i soldi che mi hanno dato i genitori. Lampo di genio. La mia amica e ex fidanzata Lella che è dottore specialista di gastroenterologia.

Vado a cercarla all'ospedale. La trovo tutta bella abbronzata stile medico abbronzato, mi sorride è contenta di vedermi per fortuna. Mi invita subito a bere al bar dell'ospedale e io accetto anche se non è proprio l'ambientino giusto per tirarmi su.

Mi carezza la faccia e dice, Come stai, eh? Come stai? E perché non ti sei più fatta viva? Come mai non ti sei più fatta viva? (Perché Lella sempre ha l'abitudine di ripetere due volte le frasi). Io lì con questo caffè pessimo dell'ospedale comincio a contare anche a lei la storia dell'infame, poi del mio viaggio solitario e della sera del vomito con l'archeologo.

Dice, Proprio non perdi mai tempo tu, eh.

Io che alzo le spalle e sono un po' giù.

Dice, Stasera sono libera, ci vieni con me a un cinesino? Ce lo facciamo un cinesino come i vecchi tempi?

Perché sempre Lella si ciba di cucina cinese, quanto a me pur di mangiare a sbafo va bene anche la cucina eschimese.

Ora vi devo fare un po' la storia di questa Lella però. Primavera scorsa. Un sabato pomeriggio di quelli noiosi che non ce n'è io telefono all'amica Laura e propongo bevuta insieme al bar. Ma Laura ha l'impegno che deve andare a un seminario di donne e filosofia, propone di andarci anch'io. Dice che dopo le riunioni di queste donne filosofe si va sempre a bere e mangiare molto a casa di qualcuna delle filosofe. Andiamo.

Alla sera mangiando da queste donne filosofe faccio amicizia con questa Lella non filosofa ma medico di gastroenterologia. Questa Lella subito grande amicizia in quanto confessa che sempre va alle riunioni di donne per il seguito che è appunto il bere e il mangiare, più il bere confessa essendo un po' alcolizzata. Lella confessa anche sua ignoranza grandiosa di filosofia chiedendo se io invece leggo libri di filosofia, no io no l'unica cosa che mi piace leggere al mondo sono i romanzi.

Grande simpatia di pelle subito tutt'e due. Anche appassionata di oroscopi lei e ci lanciamo in digressioni zodiacali spinte. Lei Sagittario ascendente Bilancia, quindi sempre più simpatia. Molto tardi quasi l'alba con le filosofe che continuano a discutere di filosofia e noi due belle ubriachelle Lella propone di uscire per boccata d'aria sul terrazzo.

Qui argomento: l'amore. Io attacco e faccio altra digressione su amore e segni zodiacali e sesso e zodiaco. Questa Lella che dice sempre così: Una persona con cui ho avuto una storia. E anche: Una persona di cui ero innamorata. Insomma molto sul discreto, mica come me che tiro sempre fuori nomi cognomi indirizzi.

A un certo punto io lì con la mia teoria che i grandi amori della mia vita tutti Bilance, compreso Pavarotti, e lei chiede, E Sagittari? E nel caso che la Bilancia è ascendente?

Io rido perché anche se sono ubriachella la foglia l'ho mangiata lo stesso, dico, Eh... e questa Lella dottore di gastroenterologia là che comincia a battere la testa contro il muro e poi ride e io dico, Ou, calma, che fai, calma... e allora lei si avvicina e prende a stringermi e palparmi e poi giù a leccarmi tutta la faccia il collo come una matta straparlando che questo lei voleva farlo dal primo momento che mi ha visto, che è stato autentico colpo di fulmine che già innamorata che non capisce come può essere. Io spiego che può essere così: che lei è segno di fuoco dunque subito si accende, e che io segno d'aria come se soffio sul fuoco dunque.

Insomma, cominciamo a vederci, e questa Lella che mi dice che sempre ha amato solo le femmine sue simili del medesimo sesso, Maschi proprio mai mai? Chiedo io. Mai! Fa lei.
Nel nostro fidanzamento lei mai arriva a casa mia senza bottiglie di vino, dolcetti, torte, libri che mi regala tutti romanzi; poi ancora sempre piena di attenzioni continuamente cantando Amada mia e guardandomi a lungo anche leccandomi e straparlando con frasi di autentica passione da sconvolgimento.

Cosa succede poi, succede la sera dell'incontro con l'infame futurista e allora chi ci pensa più a questa Lella. Lei però ci pensa ancora. Mi telefona e io dico che ho questi problemi eccetera, lei butta giù e arriva e suona al mio campanello e mi mena con pugni e schiaffi molto arrabbiata.
Questo mi fa venire in mente le parole di mio padre che mi diceva che prima o poi trovo qualche uomo che mi fa una faccia così, invece la faccia così me la fa la donna Lella. Il giorno dopo però mi telefona dicendo che le dispiace davvero ma si vede era un impulso da Sagittario di fuoco e lei non avrebbe voluto, vuole invece che restiamo amiche.

Così adesso eccoci qui nel nostro cinesino che ci ingozziamo di maiale in agrodolce, pollo alle mandorle zuppa pechinese e altro ben di dio cinese e io dico, Tu pensi che mi verrà il diabete per quello che bevo? O la cirrosi epatica? Eh?

Lei dice, La bevi una bottiglia al giorno almeno? Ci vuole una bottiglia al giorno per stare bene.

Non capisco mica se scherza. Dico, Boh.

Lei mi guarda e fa, Stai male?

Io rispondo che sì chiaro che sto male, ma che sono anche decisa a non stare più male, dico anche che quell'infame me lo voglio schiodare dal cuore, giuro che voglio fare così. Dico anche che sento una specie di vitalità e che le donne intanto hanno questa cosa che sanno ricreare l'incanto, cito dalla pittrice spagnola alla radio.

Lei dice, Certo che le donne sanno ricreare l'incanto. Tira una boccata di fumo dalla sua sigaretta e mi guarda con occhio un po' dolce e un po' marpione e dice, Ci puoi giurare che lo sanno fare. Ancora mi carezza un po' la faccia e dice, Quando stavamo insieme noi due ci divertivamo, no? Forse che non ci divertivamo insieme? Io a questo punto mi ricordo tutte le cene e i dolcetti e le torte e le bottiglie che questa Lella sempre mi regalava e dico, Sì che ci divertivamo, vecchia Lella...

Penso poi fra di me che può anche darsi che ci hanno ragione queste donne che i maschietti gli hanno rotto le palle e si mettono a amare solo le altre donne loro simili del medesimo sesso. Mi dico che per esempio mai ho dovuto aspettare una telefonata di questa donna Lella, mai lei è fuggita a Londra dalla sua ex moglie.

Forse che dovrò anch'io diventare una donna che si mette lì e ama solo le altre donne simili dello stesso sesso? Le dico se si fa delle storie in questo periodo. Lei mi guarda seria e fa, No.

Quando arriviamo a casa mia ci buttiamo sul letto e io metto su Così fan tutte e prendo a cantare forte sulle note dell'ouverture. Abbiamo bevuto un bel po', mi sa che siamo di nuovo ubriachelle come quella volta sul terrazzo delle filosofe. Ci abbracciamo e lei la Lella comincia a spogliarmi e dice che mi fa la visita ora. Ora mi fa la visita.

Tasta il fegato che vuole vedere se è ingrossato. Poi afferma che io devo averci la salute di un cavallo. Che la mia testa forse non funziona tanto bene ma che come salute sono un cavallo. Dopodiché giù a baciarmi e leccarmi di nuovo al suo solito questa Lella specialista in gastroenterologia.

23.

Dove descrivo una bella gita ai laghi
e ci metto considerazioni sulla vita
e sull'amore sotto forma di dialoghi

Quando mi sveglio il mattino dopo trovo un biglietto sul comodino che dice, Buongiorno buongiorno hai dormito bene sì? Dopodomani è ferragosto, stiamo insieme? Ti va se stiamo insieme?

Io ve lo dico che appena leggo il biglietto subito di nuovo depressa. Uno, perché Lella mi ha ricordato che arriva il porco ferragosto e io non so com'è sempre sono depressa per ferragosti e feste nazionali in genere, due perché penso che questa Lella ci ha di nuovo delle idee di fidanzamento e io proprio non mi sento in vena di rifidanzarmi con lei. A dire la verità ora che ci penso con nessuno mi sento in vena di fidanzamento.

Mi alzo come un automa scemo e mi avvicino al telefono. Vuoi vedere che il maiale di un futurista è tornato?

Una merda.

Dopo tre secondi suona il telefono e io penso: ecco qui signori il classico esempio di telepatia fra due persone che si amano come ci amiamo io e il futurista infame.

Pronto? Esulto io.

Pronto sballata, dice l'amico Marco dall'altra parte del filo.

Ciao, faccio io secca secca.

Cosa combini?

Niente combino, e giù una fila di bestemmie autentiche.

Ieri ti abbiamo visto a Campetto con la tua ex fidanzata... (ridacchia).

E allora? faccio io già incazzata.

Niente, niente. Cosa fai a ferragosto?

Una sega, faccio io.

Dài vieni con noi che ce ne andiamo ai Piani di Praglia, natura incontaminata, laghetti, sole o ombra come vuoi tu...

Allora partiamo per questi laghetti sulla 126 di Marco. Davanti che guida ci sta Marco e vicino a lui Cristiana sua legittima fidanzata. Dietro un po' insaccati noi tre sfigati non fidanzati con nessuno Paolo Lorenzo e me.

Marco e Cristiana ve lo dico subito che sono due innamoratissimi. Stanno insieme così innamoratissimi da sei sette mesi beati loro. Si sono conosciuti quest'inverno durante l'occupazione dell'università che tutti occupavano felici e ci davano dentro a organizzare i famosi seminari autogestiti e poi fax fax eccetera.

Marco lui è già laureato da un pezzo ma appena c'era aria di occupazione autogestione seminari lui si è lanciato e si dava anzi un sacco da fare. In questa occupazione lui ha ritrovato l'entusiasmo e anche l'amore beato lui.

La leggittima fidanzata Cristiana invece è al terzo anno di filosofia e ha dato numero tre esami, uno all'anno per non sprecarsi. Mentre andiamo su in macchina gli amici vogliono sapere tutto del mio famoso viaggio in Spagna.

Marco dice che era preoccupato, un po' sì, perché mica ha tanta fiducia in me lui. Poi aggiunge, quello però è un gran figlio di puttana.

Io dico, Alt! No, no!

Perché io quell'infame lo difendo sempre se qualcuno comincia a lanciargli gli insulti. Perché sennò io perdo tutto il gusto di insultarlo da me.

Posteggiamo e ci mettiamo a scarpinare su per le rive. Quando arriviamo al laghetto Cristiana tira fuori pane formaggio pesche e una bottiglia di grignolino e comincia a ingozzarsi. Marco mangia dei biscotti.

Io e Paolo invece ci sediamo vicini in riva al lago e parlottiamo d'amore lanciando sassi nell'acqua come due bambini scemi. Paolo è da un po' che non mi fa le confidenze che riguardano i suoi amori sfigatissimi e anch'io devo fargli i miei lamenti noiosi mortali sull'infame.

Lorenzo si è allungato sotto un albero e sonnecchia con un giornale aperto sulla faccia.

Paolo dice, Ehi, non ingozzatevi da soli voi due, rivolto a Marco e Cristiana. Dice, Lasciateci almeno qualche avanzo.

Allora Cristiana chiude le cibarie nello zainetto e si butta addosso a Marco a peso morto e lo fa stendere sull'erba e si capisce che ora cominceranno a fare le porcherie.

Paolo ride. Io invece gli lancio addosso una pietra e grido, Basta! Ba-sta!! Non vi sopporto, non vi posso sopportare. Quei due si strusciano e si slinguano ancora un po' poi si alzano e vengono vicino a noi.

Paolo dice, Ognuno ha il suo modo di amare.

Cristiana dice allora, Ci sono persone che quando amano diventano oppressive e si lasciano andare al loro sentimento e poi ci sguazzano dentro e vanno giù in fondo in fondo colano a picco.

Lorenzo si è svegliato e si avvicina, mangia una pesca, speriamo che ce ne lascia un po' anche a noi, e con la bocca piena dice, Ci sono certi che quando amano ricavano molte forze cioè si sentono pieni di energie per via di questo amore che sentono dentro.

Mangia ancora un po' e continua dicendo, Altri invece quando sono innamorati si sciolgono e si perdono. Fa una pausa e poi aggiunge, Io per esempio sto molto meglio quando sono innamorato, però cerco di non innamorarmi mai.

Paolo dice la sua che è questa: Io invece sono sempre innamorato e mai ricambiato. È da quando sono nato che sono sempre innamorato e mai ricambiato e non so come mai.

Marco ha messo un braccio intorno alle spalle di Cristiana e se la palpa e poi dice, Per me l'amore è la vita di tutti i giorni, voglio dire che per me è come mangiare bere dormire eccetera.

Io dico la mia che è questa: Secondo me il rapporto che uno ha con l'amore è lo stesso che ha con la vita. Io ho Venere in Scorpione e dunque ho una concezione che è molto tragica dell'amore, e anche della vita si vede che in fondo ho la concezione molto tragica, sì.

Paolo dice che io ci metto questi segni dell'oroscopo dappertutto e che secondo lui non so mai portare avanti un ragionamento teorico come si deve.

Cristiana allora si sbaciucchia l'innamorato Marco poi dice, Sai cosa c'entra secondo me? Secondo me c'entra come uno si considera. Voglio dire come uno ci ha il senso della sua importanza. Se uno è capace di sentirsi intimamente solo...

Lorenzo se ne esce e dice, Sapete, ho letto un articolo che parla di quelli che vanno a fare le vacanze da soli.

Io dico, Eh.

Lui dice, Mica che sei l'ultimo degli sfigati della terra se sei solo. Dice Lorenzo che quando pensa alla solitudine triste lui pensa a un'altra cosa.

Cristiana ora parla di nuovo lei e dice, A me certe volte da sola mi è capitato di sentirmi intimamente importante, come un capodanno che ero in Austria, c'era la neve, guardavo le austriache bionde e mi sentivo sola e felice.

Marco dice, Com'è questa storia che guardavi le bionde?

Io allora propongo di farci un bagno perché mi sta venendo la tristezza a forza di riflettere sulla sfiga dell'amore.

Cristiana si tiene la pancia e dice, A me mi viene un colpo se ora mi butto in acqua.

Marco dice, Lo credo, hai mangiato come una porca.

Io però mi tuffo lo stesso e anche l'amico Paolo si tuffa. E poi fa il solito gioco divertente secondo lui, secondo me meno, cioè che nuota sott'acqua e poi mi tira i piedi a simulare l'attacco dello squalo feroce che abita nel lago.

Il porco ferragosto lo finiamo andando a cena da Cristiana. Io arrivo e accendo la televisione e mi butto sul divano perché sono stanca fra le camminate i discorsi sull'amore e tutto quanto.

Paolo dice, Toh! Eccotelo lì.

Io mi sistemo per bene sul divano, allungo le zampe e rimango a godere moltissimo alla vista che posso avere di fronte che si tratta proprio di lui, sissignori il mio ideale erotico Luciano Pavarotti. Lui lì dentro la tivvù che urla: *Vedi 'u mare qua-anto è be-elloooooo... spira ta-anto sentimentoooo....*

Dio che bello!!! Faccio io.

Intanto lui continua: *To-orna a Surrie-entooooooooo......*

E questi miei amici che ridono e prendono per il culo me e lui il mio ideale erotico.

Io dico, Ssccc, ssccc... Caproni! State zitti!!! Guardate, guardate che sorriso! Gesù che sorriso.

Come posso fare per conoscerlo quello!

Poi c'è l'intervista.

Gli chiedono al mio ideale, Le piacciono le donne signor Pavarotti? Lui risponde col suo accento erotico emiliano, Mo zerto che le donne mi piazziono. Però prima di tutto viene la mia famillia! Io sciono molto legato alla mia famillia, sciono molto fedele scià!

Sono spacciata.

Lorenzo alla vista del mio dolore ride piegato in due, poi prende un giornale e si mette a leggere. Paolo mi tira un pugno sulla testa. Marco e Cristiana fanno una cosa che mi mette contentezza cioè che vanno in cucina e cominciano a preparare il pesto e gli spaghetti.

24.

L'ultima bella botta dell'infame destino

È tornato giù Ivano dalla Germania e ha portato anche Christina e il cane Dora e Caterina la sua nuova figlietta. Organizza grande festa nel suo studio per fare vernissage della sua nuova figlia. Andiamo lì e ci siamo proprio tutti noi banda del vicolo e tutti belli allegri lì a mangiare e festeggiare e io molto leggera, testa allegra spensierata per bere mangiare, allegria di tutti amici riuniti e ti pareva che posso mai stare così, deve essere il mio destino di sempre grandi sofferenze della madonna; così poi grande genio, sensibilità molto allenata dalle sfighe che la bella maiala della madonna mai dimentica di inviarmi, così forse che poi gode che io la bestemmio in lungo e in largo come si deve, forse che anche lei questa madonna un po' masochista oltre che sadica. Dunque, c'è l'amico Mario che non vedo davvero da tanto, forse proprio dal tempo dell'Archeologo Depresso. E questo amico Mario non so se vi ho detto che anche lui grande artista sfigato del giro, e cosa succede, che con lui cominciamo a contarci le vacanze, che hai fatto tu e io che ho fatto e tu che fai ora ecc...

Arriva un altro che conosco solo di vista, saluta Mario e anche loro che fai che hai fatto quest'estate dove sei stato ecc. Finché una cosa che drizzo le orecchie come un asino. Questo che non so come si chiama che dice, Non hai mica visto in giro l'Oreste ultimamente?

Perché dovete sapere ora, dopo tutte le cose, che Oreste è il nome autentico dell'infame amore del mio cuore. Bene. Cominciano le palpitazioni. Da una parte mi dico, Calma, vai calma, mica che è l'unico infame con questo nome lui, può non esserlo; e poi mi dico che però qui nel giro di artisti sfigati della città non conosco mica altro infame con questo nome, e poi per ultimo mi dico, vai via, allontanati e non stare a sentire quello che si dicono. E poi non venitemi a dire che non ho intuito.

Così io faccio, Be' Mario ci vediamo dopo, vado a prendermi da bere... Senonché questo deficiente di amico mica mi molla, mi allaccia la vita e dice, Aspetta che vengo anch'io, e finisce di dire a quest'altro deficiente che vorrei sapere se anche lui è un inviato della divinità sempre avida del mio sangue e delle mie lacrime. Dice Mario dunque: Oreste l'ho visto un paio di mesi fa, dice che aveva la storia con una sballata e che non sapeva come liberarsene.

L'altro commenta così: Sempre il solito marpione questo Oreste, eh!

Io sto per svenire. Mi si ghiaccia tutto il sangue nelle vene, vorrei anche morire subito, poi vorrei piangere e anche riempirmi il bicchiere perché di colpo sono lucidissima come se non avessi toccato una goccia.

Vorrei anche fumare tre sigarette insieme e mi brucia la gola e fumo lo stesso chi se ne frega tanto devo morire, perché tanto ora vado sulla terrazza e mi butto di sotto, posso anche suicidarmi col mal di gola cosa cambia.

Insomma ora inutile che sto a dilungarmi su quello che ho sentito, io triste disperata come una madonna delle lacrime e Marco che se ne accorge e mi tira in un angolo e io spiego e lui dice, Primo, che Mario è un deficiente, secondo che anche l'infame futurista è un deficiente oltre che bastardo gran figlio di troia, che però magari quelle cose se le ha dette è capace che le ha dette per fare il bastardo deficiente, che invece lui l'ha visto com'era a quella prima famosa festa che mi guardava con occhio da grande pesce bollito futurista e che secondo lui quando uno guarda con occhio da gran pesce bollito futurista è segno che è cotto e non che non sa come liberarsi di quella che guarda con grande occhio bollito.

Io penso che può essere vero quello che dice l'amico Marco, e che anche se non lo è però è bello che lui ha inventato queste spiegazioni che almeno se non ho l'amore del futurista mi resta sempre l'amicizia così non mi devo per forza suicidare meno male.

Dice ancora Marco di non mollare e che queste cose se lui il bastardo le pensa me le devo fare dire in faccia e che poi ci pensa lui a sfidarlo a duello e che non scherza. Dice a duello, con le armi, perché sennò coi pugni ha già perso.

Insomma gente, la festa qui che ero così contenta di rivedere l'amica Christina e Dora e la figlietta nuova nuova è bella che rovinata.

Quando torno a casa ho sempre voglia di piangere e mica arrivano le bastarde di lacrime anche loro mai al momento giusto. Gran magone città vuota vita inutile e sbagliato tutto dall'inizio alla fine. Tutto da rifare porca puttana, abbiamo sbagliato un'altra volta quando cazzo capirai eccetera.

Il giorno dopo, depressione alle porte e quando arriva la depressione non so voi ma io devo fare presto, più veloce di lei sennò addio.

Come la combatto. La combatto così: ragazza andiamocene al mare, bella nuotata grande bevuta e ti passa tutto. Poi il problema di decidere. No al mare non ce ne ho proprio voglia dice una parte, sì al mare ce ne ho voglia dice l'altra parte; no che non ce ne ho voglia, che mi frega del mare voglio stare qui in casa a soffrire tranquilla. Tu non capisci niente, invece è proprio in questi casi che si deve reagire così: andando a nuotare.

Insomma quando la decisione è presa sono le sei passata, vado a Recco, sole coperto, anche venticello settembrino, io lì a nuotare nuotare e stile libero da autentica campionessa e dorso salutare per la schiena e poi rana più riposante poi di nuovo stile libero da campionessa sfigata e vai e nuota esco mi gira la testa, il venticello che diventa vento freddo, sole completamente coperto io depressa spiaggia già deserta che tristezza, risultato: febbre a trentanove olè.

Così fine settimana a letto, febbre da famoso cavallo, sudate della madonna che penso che sto per sudare via anche l'anima, poi incubi da autentica eroina da romanzo ammalata per passione sfigata. Poi anche senza dirlo a nessuno un po' per vergogna di malattia decadente, amore e morte un po' perché non ce la faccio a arrivare fino al telefono nell'ingresso.

Vorrei sentire Giovanna ma lei grande schifo per quelli che si ammalano per amore che risolvono così le cose con la malattia stile giovane Werther o anche stile Cime Tempestose per restare in tema.

Terzo giorno di malattia sudo meno si vede che sudando ho cacciato via anche un po' di magone e di scemenza e sto meglio e segno inconfondibile di ripresa grandi madonne che cadono giù dal cielo. Poi grande fame ma questo non è segno perché io sempre affamata per carenze affettive e anche economiche.

Mi vesto e mi gira la capa e piano piano scendo giù al mercato dove ottengo cibarie a credito dalla mia amica signora Adele che ha il banchetto della frutta e verdura.

Anche voglia di bere. Ma si vede il corpo più saggio di me quando faccio per andare in bottiglieria mi manda segnali di nausea e vomito, stessi segnali anche per tabaccheria dove vorrei comprare emmesse.

Dunque anche grandi madonne contro questo corpo che si è messo a fare l'igienista salutista tutt'a un tratto spero che non voglia diventare anche buddista. Senza beveraggi senza sigarette, ve lo dico, il mondo molto difficile da affrontare. Se poi nel mondo ci mettete pure le grandi sofferenze d'amore addio.

Io mi rificco a letto e mi dico santo dio e madonna del paradiso fate che passi deve passare perché io peggio di così non so starci allora vedete un po' voi se non è possibile fare qualcosa.

Qualcosa sì che è possibile infatti suona il telefono e io penso, gesù ci siamo, gesù questo è l'infame guidato direttamente dal cielo che ha sentito le mie preghiere, gesù ora mi dice che mi ama che corre subito da me va bene amore va bene vieni che ti perdono, tutto dimenticato quando è che ci sposiamo?

Pronto, dico io. Pronto, dice lei la padrona di casa.

S-salve faccio io. Salve, fa lei la padrona di casa.

Cosa c'è signora padrona di casa? C'è che da due mesi qui nessuno mi porta affitto. Ah, sì, è che sono stata in Canada per borsa di studio, poi tornata molto ammalata per virus influenzale preso in Canada.

Vabbe' quando l'affitto? Settimana prossima. Settimana prossima troppo tardi, tu sempre settimana prossima e settimana prossima se andiamo a vedere sarebbero già tre i mesi d'affitto che mi devi.

Ma io sto morendo! Dico e dò colpo di tosse da tubercolosi.

Ah sì, allora non portarmelo. Grazie! Faccio io. Vengo a prenderlo io, fa lei.

Giù moltissime madonne silenziose.

Così ora devo anche pensare a chi chiedere denaro famoso sterco del demonio. Genitori di nuovo non posso. Tasca no perché già debito per le vacanze. Luca no perché devo chiedere prestito per restituire a Tasca. Altri amici non se ne parla nemmeno meglio non toccare argomento denaro sennò va a finire che devo fare io prestito a loro.

Cosa succede dunque cari miei. Che prendo l'agendina quella dei numeri di telefono e comincio un po' a rigirarla da sotto a sopra non si sa mai ci avessi delle volte qualche amico ricco e non me lo ricordo, gira e sfoglia sembra l'agenda del monte di pietà, una tristezza. E io allora un po' che penso ai soldi che non ce ne sono, un po' all'amore che quando ci si mette è proprio un maialo bastardo e che non c'è neanche quello, metto su la Butterfly e torno sempre indietro mille volte a sentire Un bel dì vedremo e intanto mi sembra di precipitare nel famoso pozzo nero della disperazione quando l'occhio mi cade sul calendario nell'agendina dei telefoni che ha anche questo calendario.

Allora lì a guardarmi questo calendario con tutti i ricordi che arrivano su, i giorni bellissimi della grande passione con l'infame futurista, poi prendo e percorro ancora questo calendario e rivivo i giorni dell'attesa e poi la partenza che bello e poi ripiombo a oggi giornate di malattia e per finire una strana sensazione che non capisco ma qualcosa simile al panico mi sale su dalla pancia. Io penso, calma ragazza calma cos'è adesso questa storia del panico che deve succedere ancora.

Guardo di nuovo il calendario e poi fisso il muro di fronte a me con la faccia che deve essere da ebete autentica; e calendario e muro, muro calendario, ecco qua colpo di scena: signori miei due mesi che non ci sono le femminili mestruazioni.

Ah bene. Un figlio proprio quello che manca alla bella vita. Sì giusto di un figlio ci avevo bisogno, sì sì. Come del famoso dito nell'occhio.

Poi mi dico, calma, che vuol dire solo due mesi di ritardo, calma. Calma un cazzo. Mai avuto ritardi in vita mia, mai ritardi nella gran vita di godimenti dissipati mai.

L'altra botta cari miei che mi ricordo il sogno fatto in Spagna quello che facevo un figlio con l'infame, poi le famose nausee. Ora non so se mi sparo subito o aspetto e faccio il bambino e mi sparo poi da ragazza madre.

Comunque, ora che sono madre non ci ho più tempo di

starmene qui a letto a fare l'ammalata, ora ci ho i doveri verso il figlio e così mi alzo dal letto e mi vesto e vado a camminare tanto il bambino prende un po' d'aria e gli faccio vedere il panorama della città su da Castelletto così comincia a ambientarsi.

Quello che succede poi dovete aspettare il prossimo capitolo.

25.

L'ultimo capitolo

Adesso fermi tutti che qui nel romanzo di grandi sfighe arriva una scena d'amore bellissima come nei film.

Io col figlio nella pancia da autentica ragazza madre; poi completamente perso la fiducia nel ritorno dell'infame e nello stare con lui tutto il resto della vita anche.

Suona il campanello e io vi dico come sono messa. Sono messa così: sporca sudata scombinata perché in questi giorni mi è preso raptus delle pulizie domestiche che in genere mi prende una volta ogni due tre anni non di più; mi prende precisamente quando sento che sta per succedere qualcosa e sono nervosa da non dire. La maglia che ho addosso dovrebbe essere bianca ma non lo è più. I capelli da strega disordinata come direbbe Giovanna. Alla radio una canzone che dice così già tradotto: Non posso smettere di amarti. Io canto forte e sbaglio tutto il tempo delle parole.

Dunque suona il campanello della porta perché come vi dico il portone lo apri con un calcione. Io dico, Chi è?

E una voce che dice, Polizia! Aprite! Aprite o sfondiamo la porta. Io penso ah bene, tutto regolare, bene, vediamo se ora posso finire anche in galera che mi ci manca quello poi scrivo il capitolo sulla ragazza madre in galera.

Apro e chi è lo scemo lì davanti? Lui sissignori proprio lui, il grande infame amore della mia vita. Io mica che mi ricordo che ci ho tanto rancore e umiliazioni e ore infinite d'attesa da fargli scontare, macché. Lì che ci abbracciamo e tanti baci pieni di passione: sì proprio da film. Poi anche che non so se ridere piangere cristonare svenire, ditemi voi cosa si fa in questi casi.

Be', questo infame è ritornato, con la sua pancia alla Pavarotti, i suoi lunghi capelli brizzolati da infame futurista, i suoi occhi e le gambe le braccia il collo sì ha portato tutto. A me di vedermelo lì davanti mi fa proprio uno strano effetto, non faccio nemmeno in tempo a pensare che sono felice perché c'è questo effetto così strano sapete quando una faccia l'avete pensata e ricordata e giù a spasimare per questa famosa faccia e ora che ve la ritrovate davanti dite, vabbe' è un'altra invenzione della mia immaginazione che desidera e desidera.

Così me la stringo un po' questa faccia e non ci credo e poi ci credo e aiuto. Poi fermo questa felicità e esce l'incazzatura, Tu brutto maiale d'un infame com'è la storia che non sapevi come liberarti di me?!! Brutto sporco d'un infame così adesso sei contento che ti sei liberato?!?

Lui questo futurista molto perplesso anche un po' imbarazzato, dice, Non capisco.

Io allora giù a piangere come un'autentica imbecille da telenovelas e mentre sono lì che piango gli dico, Vattene ora vattene subito perché se ti fermi ancora cinque minuti io mi riabituo e poi devo andare di nuovo in Spagna e fare il bagno freddo e ammalarmi e avere un altro figlio.

Questo lì che ci rimane secco che secco è dir poco. Io lo guardo per vedere se ha capito e mi sa che ha capito perché si è buttato sulla celebre poltroncina scalcagnata con tutto il suo peso futurista e lì rimane e non apre più bocca.

Poi la apre e dice, Hai del vino in casa?

Io dico che non ho né vino né altro perché mio figlio mica che lo faccio diventare alcolizzato come suo padre e sua madre anche. Smesso per il momento s'intende di bere e di fumare pure e tutto il resto.

E poi mi sento che sto cominciando a alzare il tono della mia voce di soprano stonato e prendo a gridare come una matta anzi di più come un manicomio pieno di matti e lì che urlo: GUARDA CHE NON MI ASPETTO NIE-E-ENTEEEE DA TEEEEE GUARDA CHE QUESTI SONO FA-A-TTIIII MIEIII...

E poi gli grido ancora tanto e tanto come una specie di svuotamento di tutte le madonne che gli ho lanciato dietro silenziosamente dentro di me in questa attesa infame e non me lo ricordo nemmeno più tutto l'elenco completo di madonne e insulti svariati per potervelo ripetere.

Lui mi guarda e sta zitto come un mattone, io poi ancora faccio questo gesto che me ne sto lì impalata e poi alzo un braccio e punto l'indice diritto diritto verso la porta scalcinata e quindi così grido a lui: FUO-OOOORIIIII.... FUORI DA QUI, FUORI DAI COGLIO-OOOONIIII... CHE IO E IL MIO FIGLIO NON ABBIAMO NIENTE DA SPARTIIIIREEE CON UN MAIALE DELLA TUA SPECIEEEE...

Lui lo vedo che si alza e porta fuori la sua persona, pancia bellissima compresa e la porta fa tonf e si chiude. Io lì che continuo a dire fuori fuori più varie parolacce sempre tutte di grandissima volgarità finché mi accorgo che questo infame se ne è andato davvero.

Rimango ferma immobile sempre col mio dito puntato verso la porta e guardo la casa e lo strofinaccio nel secchio con l'acqua sporca e mi sento più triste e strapazzata dello strofinaccio. Comincio di nuovo a piangere e vado avanti così un bello spettacolo davvero.

Poi alzo la testa e dico a voce alta, Basta piangere! Sei stata brava, sono fiera di te! È così che si deve fare con i maiali. Poi invece ricomincio a piangere e dico in stile un po' tragico: Ma quel maiale penso che lo amo.

Ma di nuovo cambio idea e mi dico, E chi se ne frega! Non ci ho bisogno di nessuno io! E nemmeno tu, figlio di una donna fiera e di un maiale.

Ma non so com'è mi ritrovo a correre per le scale. Esco nel vicolo, vicolo vuoto. In compenso molto vicini affacciati alle finestre con aria solita di impicciarsi proprio dei fatti miei presenti. Alcuni ridendo altri dicendo così: È andato di là, da quella parte. Allora ringrazio questi infami vicini e corro atletica ma non troppo nella direzione che mi hanno detto.

Niente. Nemmeno l'ombra dell'infame futurista che mi ha rapito il cuore. Io adesso penso che me lo sono proprio giocato questo qui. Vorrei morire e anche prima di morire battere la testa contro i muri scrostati e puzzolenti del vicolo.

Entro dal panettiere e ottengo a credito tremilacinquecento lire di pizza. Me ne torno a casa piangendo e masticando la pizza. Decido allora di telefonargli, perché penso che figura di merda in più o in meno non cambia granché.

I soliti maledetti merdosi squilli e nessuno che risponde. Deve essere tornato a Londra e fra qualche ora chiederà alla sua ex moglie di risposarlo. Mi viene in mente che fra poco deve arrivare Giovanna che mi aveva telefonato e vado a lavarmi la faccia per non mostrarmi così orribile affrantissima.

Suonano alla porta. Apro e però sto di nuovo piangendo, dico, Giova'... e voglio piangere un po' sulle sue spalle. Ma mentre che allungo le mani mi rendo conto che sto scontrando una grande pancia che non può essere la pancia piatta come una sogliola di Giovanna.

Attraverso le lacrime cerco di vedere chi c'è lì davanti e non ci crederete ma invece sì è di nuovo lui, il grande amore infame della mia vita.

Ci ha anche delle borse piene di robe da mangiare e due bottigliozze di rosso in mano.

Dice, Ti preparo un pranzo alla grande. Mi fai entrare?

A parte che chiunque si presentasse alla mia porta con un simile carico non lo manderei via nemmeno se si trattasse di Jack lo squartatore in persona, comunque lo faccio entrare, e cerco di soffocare questi maiali di singhiozzi.

Lui sorride come un tonno.
Io sto zitta.
Lui dice, Ma s-sei sicura?

Io dico che certezze nella mia vita mai avuto mezza, ma queste cose da autentico spirito femminile non mi posso sbagliare no. Poi penso, ora o una di quelle belle scene da film che baci e abbracci e oh sì oh sì il figlio del nostro amore o che prende la porta e dopo il pranzo fugge via torna a Londra si fa crescere la barba e cambia nome.

Invece lo guardo, lui occhio da pesce bollito e poi a dire, Quando nostro figlio avrà dieci anni suo padre che sono io ne avrà sessanta quasi.

Io dico, Però in compenso sua madre ancora giovane trentasettenne.

Poi fa: E cosa gli diamo da mangiare?

Io dico che ci ho già pensato e che tanto mangiare a sbafo in uno o in due non è che poi cambia molto.

Lui dice così: Tu sei sballata.

Io dico che non è una novità perché se non ero sballata mica che me ne andavo in giro a fare figli con infami.

Lui guarda in giro per la casa e dice, Stavi facendo pulizie, eh?

Io dico che sempre faccio pulizie quando sento che si sta avvicinando qualche avvenimento importante della mia vita.

Poi dico, Allora?

Lui dice, Allora che?

Dico, Sto scrivendo un romanzo bello alla grande.

E così?

E così lo devo finire, mi manca l'ultimo capitolo.

Lui dice, Ancora non capisco.

Io dico, Chiaro, sempre molto veloce tu a capire le cose.

Lui dice, Dài non offendere e spiega.

Io dico così: che devo sapere se lui resta e ci amiamo da esagerati o se parte e mi molla qui che così la storia della letteratura ci ha un altro romanzo bello triste col disincanto eccetera.

Lui dice, Di cosa parla questo tuo romanzo?

Ci sono delle storie, dico, un po' di sfighe della mia vita.

Ci sono anch'io? chiede.

Certo che ci sei anche tu, ti ho detto che parlo delle sfighe.

Ci faccio una figura di merda mica?

Oh sì, penso proprio di sì.

Poi chiedo, Ti piace ancora Cime tempestose?

Certo che mi piace, perché non dovrebbe?

Insomma, faccio io, cosa mi rispondi tu ora che ti ho messo alle strette?

Lui così messo alle strette si sta alzando e comincia e mi abbraccia e mi palpa e mi stringe anche un po' le famose tette e dice che a lui i romanzi che gli piacciono sono quelli che vanno a finire bene.

Insomma signori miei qui siamo arrivati alla fine del romanzo e io lo finisco così con questo qui tutto bello esaltato che giù che mi bacia e mi stringe, e poi vi dico che lo so bene non ci vuole di essere un genio per capire cosa ci ha ora nella testa questo ex infame futurista che mi ha rapito il cuore.

INDICE

Pag. 11   *1. Il primo capitolo dove introduco la mia vita di grandi miserie e presento anche l'amica Giovanna*

17   *2. Questo è un capitolo che torna indietro nei ricordi infantili*

23   *3. Terzo capitolo e torniamo nel presente e c'è la storia di un inverno con l'amica Giovanna*

27   *4. Torniamo indietro e vi racconto la mia nascita*

30   *5. Quinto capitolo e sempre la narrazione di quel lungo inverno con Giovanna*

33   *6. Adesso si va indietro di nuovo e vi racconto i discorsi bellissimi sul sesso delle cugine porche*

37   *7. Torniamo più vicino e vi racconto ora com'è che conosco e cado innamorata del primo infame*

45   *8. Dato che il primo infame non mi bastava ne conosco un secondo*

50   9. *Dove vi racconto i famosi primi amori*

55   10. *Capitolo fondamentale dove presento l'infame numero tre e vi racconto di come finiamo uno nelle braccia dell'altra amandoci come matti*

62   11. *Comincia l'infame attesa e vado a trovare Ivano*

70   12. *Dove racconto sempre l'attesa e faccio conoscenza con le idee di una pittrice spagnola*

76   13. *Capitolo col disincanto*

79   14. *Ora c'è la storia dell'amicizia con Sergio Tasca*

85   15. *Vado ancora a salutare mio padre*

88   16. *Finalmente la famosa partenza*

93   17. *Dialoghi con Miguel*

99   18. *A Cadaqués in ritiro spirituale alla grande e c'è anche un bellissimo sogno*

104 19. *Racconto che ritorno a casa e poi vado dalla famiglia*

108 20. *Storia dell'Archeologo Depresso*

117 21. *Un altro incontro d'amore per Giovanna e anche stelle cadenti*

122 22. *Rivedo Lella dottore specialista di gastroenterologia*

127 *23. Dove descrivo una bella gita ai laghi e ci metto considerazioni sulla vita e sull'amore sotto forma di dialoghi*

133 *24. L'ultima bella botta dell'infame destino*

140 *25. L'ultimo capitolo*

*Stampa Grafica Sipiel
Milano, maggio 1999*